講談社文庫

オロチの郷《さと》、奥出雲

古事記異聞

高田崇史

講談社

古《いにしえ》の伝説を、いさゝかもうたがふべきにあらず、ことごとく実の事也。

本居宣長

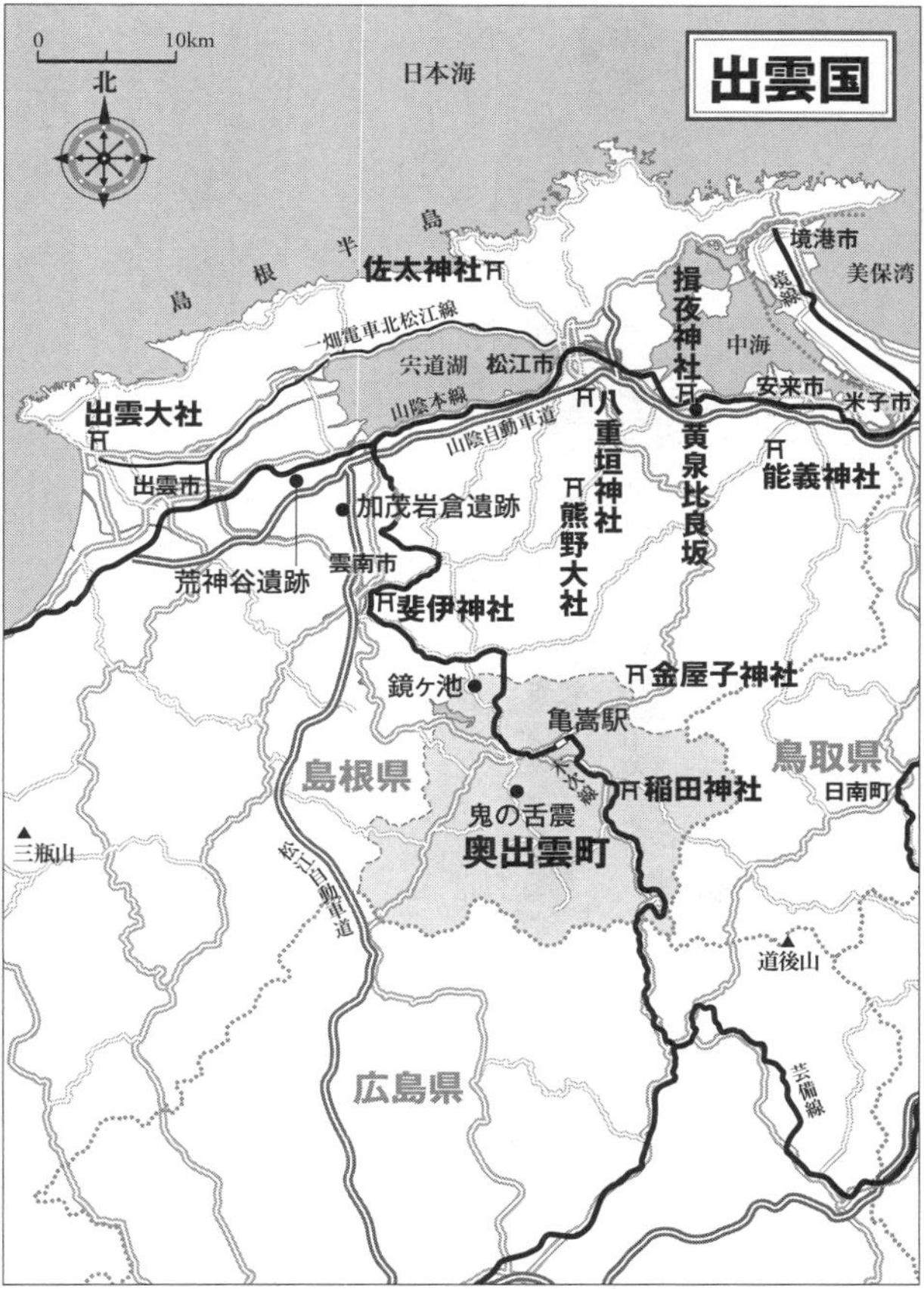
出雲国
0
10km
北
日本海
島根半島
佐太神社
一畑電車北松江線
宍道湖
松江市
山陰本線
出雲大社
山陰自動車道
八重垣神社
揖夜神社
黄泉比良坂
中海
境港市
境線
美保湾
安来市
米子市
能義神社
出雲市
加茂岩倉遺跡
熊野大社
荒神谷遺跡
雲南市
斐伊神社
鏡ヶ池
金屋子神社
亀嵩駅
島根県
鳥取県
稲田神社
日南町
鬼の舌震
奥出雲町
三瓶山
松江自動車道
道後山
芸備線
広島県

⊙古事記異聞シリーズ主要登場人物

橘樹《たちばな》雅《みやび》
新学期から日枝山王大学大学院に進み、民俗学研究室に所属することに。研究テーマは「出雲」。

御《み》子《こ》神《がみ》伶《れい》二《じ》
日枝山王大学准教授。民俗学研究室を任されている。別名「冷酷の冷二」。雅の指導教官。

波木《なみき》祥子《しょうこ》

日枝山王大学民俗学研究室助教。一日中資料本に目を通している。無口なクール・ビューティー。

金澤《かなざわ》千鶴子《ちづこ》

市井の民俗学研究者。かつて水野研究室に在籍していた。京都在住。

水野《みずの》史比古《ふみひこ》

日枝山王大学教授。民俗学研究室主宰。民俗学界の異端児。

目次

オロチの郷《さと》、奥出雲　古事記異聞

《プロローグ》

橘樹雅《たちばなみやび》は一人、乗客もまばらな木次《きすき》線のシートに腰を下ろして、窓の外を流れて行く緑濃い奥出雲《おくいずも》の景色を眺めていた。

今は夕暮れ時。太陽は、ゆっくりと西へ傾き、木々の葉の一枚一枚がそれぞれの色を発していた。「緑」には、こんなにたくさんの色があることを今まで意識したことがあっただろうか……。

木次線は、宍道《しんじ》駅と広島県・備後落合《びんごおちあい》駅を結ぶ、一日に六本ほどしかない単線のローカル列車だ。線路の殆《ほとん》どが山の中で、山間の狭い空間と何十ものトンネル。景色が開けたかと思うと、そこは列車の左右に広がる田んぼの中の細い畔道のような線路が続く。あるいは、民家がまばらに点在する小さな町。

そんな風景の中を、雅を乗せた二両編成の列車が揺れながら走る。

他人が見れば、閑《のど》かな田舎の一人旅と思うかも知れないが、実情はそんな優雅なシチュエーションからほど遠い。

一昨日の朝一番で東京から出雲に乗り込み、一日中神社や史蹟をまわり、次の日はどういう巡り合わせか黄泉比良坂《よもつひらさか》の殺人事件の第一発見者となり、今朝も神社をまわり、ついには一泊追加して奥出雲に向かっている。

むしろ、波瀾万丈の旅だ。


雅は今年、東京の日枝山王《ひえさんのう》大学文学部民俗学科を無事卒業して大学院へと進み、四月から水野史比古《みずのふみひこ》教授の民俗学研究室に入室することが決まっている。

本心を言うと、某一流企業への就職を希望していたが現実はとても厳しく、その企業を始め第三志望の商社まで綺麗に落ちて、こんなに有能な（はずの）自分を採用しない日本社会から隠棲するように、大学院進学を決めた。

とはいっても、そんなネガティヴな理由ばかりではない。

もともと、民俗学にとても興味を抱いていたし「几帳面《きちようめん》で何事も手堅くこなしてゆくことのできる」乙女座だし、何といっても水野教授が素敵だった。

これは、水野の外見云々《うんぬん》という話ではない。雅は純粋に、講義内容に惹かれた。水野はいつも、授業の中で、自分たちが普段、何気なく目にしたり体験したりしている日本の風習など、身近な事柄に関しても、興味深い話をしてくれる。

たとえば今の時期だったら、三月三日の雛祭りについて。

雅も「雛祭り」は「雛流し」、つまり、知らず知らずのうちに自分たちの体に付着してしまった「穢《けが》れ」を形代《かたしろ》——身代わりとなってくれる雛人形に遷して流し、無病息災を願う行事であることは知っている。

しかし水野は、

「この、一見のどやかな風習は、本来『夷流《えびす》し』という悲惨極まりない行為から始まりました」

と言い出した。

「夷は、もちろん鄙《ひな》ですね。王権の天子、つまり太陽の光の届かない『日無《ひな》』の地です。そこには、多くの悪しきモノたちが生息していると考えられました。そこで朝廷は彼らを退治し、征服した。その後、これからは朝廷に刃向かいませんという意思表示として、夷の長が『流され』たのです。この『流す』という行為はもちろん、殺害することとです。殺されて、その遺体が海や川に流されたのか、それとも生きたまま『簀巻《すま》き』——『罧《ふしづけ》』とも言いますが——にされて流されたのか、それはどちらでも結果的には同じことです」

その話に息を呑む雅の遥か前方で、水野は続けた。

「しかし、その行為によって、彼ら夷たちの今までの行為は全部『水に流され』て、朝廷の下で生き残ることを許されたのです。長を『流す』ことが、あなた方に完全に屈服しましたというメッセージとなったのです。それがやがて『穢れを祓《はら》う』という意味にも変遷しました。いわゆる『サネモリ送り』や『虫送り』も、これらの変形ですね――」

水野の講義は続いた。

雅にとってみれば、水野の話のどこまでが学界の常識で、どこからが水野独自の（勝手な）説なのか、全く見極めがつかなかったが、その話に惹かれた。

大抵の講義は退屈で、とにかく時間が経つのをじっと待っていなくてはならなかったけど、水野の講義だけはむしろ逆で、もっと長くいつまでも聞いていたかった。そんなことを思ったのは、小学校の楽しい授業以来だった。

だから、大学院に進もうと決めた時、ためらうことなく水野研究室を希望した。

水野研究室は、大学院生は雅を入れて三人。助教（助手）一人。准教授一人。以前にもう一人准教授がいたらしい。その准教授は、将来水野の後を継ぐ教授になると誰もが思っていたようなのだが、雅が入学した頃に、突然退職してしまったのだという。詳しい理由はまだ聞いていないけれど、そのために現在、准教授の御子神《みこがみ》伶二《れいじ》が、水野の後継者と目されている。

御子神は、確かに知識や実績もあるのだが、水野とは大違い。雅たちに対しての態度は冷淡で、傲慢で、言葉の一つ一つにトゲがある。だから学生たちからは「伶二」ではなく「冷酷の冷二」と陰口を叩かれていた。

ただ、御子神の外見は、その悪口通りクールなので、彼と全く接したことのない下級生たちからは、それなりに人気があるようなのだが、一度話してみればそんな気持ちも吹っ飛んでしまうと思う。

何しろ御子神は、両親につけてもらった「雅」というこの素敵な名前を見て、「『雅』は、烏《からす》を表している。そして烏は、どちらにでも転ぶ『二股膏薬《ふたまたごうやく》』を表している」などという失礼なことを、表情一つ変えずに言うのだ。

さすがにカチンときたので家に帰って詳しく調べてみたら、本当にその通りだったけれど……。

更に研究室助教の、波木《なみき》祥子《しょうこ》も、雅の苦手なタイプだった。彼女は特に何をするわけではない――というより、本当に何もしてくれない。大学での事務的な仕事以外の時間は、一日中机の前で資料本に目を通している。その間、雅たちが話しかけても

ば雅が、

（挨拶さえも！）完全に無視されてしまう。

といって、全く聞いていないのかといえば、そういうわけでもないようで、たとえ

「あの……人丸《ひとまる》大明神に関して、ちょっとお尋ねしてもよろしいでしょうか？」

おずおずと声をかけても、全く無視される。

諦めてその日は帰ると、次に訪ねて行った時に数枚の付箋が貼られた『柳田國男《やなぎたくにお》全集』の一巻が無造作に置かれていて、他の大学院生から、

「これ、橘樹さんに渡してって、波木さんが」

と言われたりする。

驚いて、次の機会に波木に礼を言うと、相変わらず無視された――。

雅の水野研究室入室が決まった直後、水野は「サバティカル・イヤー」で長期休暇を取ることになった。以前から行ってみたかったという、インドやネパールを独りで観てまわることにしたらしい。

それを知った雅は、目の前が真っ暗になって、黄泉比良坂を転がり落ちて行くような気持ちになった。

でも、決まってしまった以上、仕方ない。

とても良い人そうだけど実に頼りない院生の大久保《おおくぼ》さんたちと一緒に、御子神・波木という冷血非人情コンビの下、面従腹背で頑張るしかない。

たった一年我慢すれば、水野も帰って来る。それまでの辛抱。

雅は御子神から、研究テーマの「出雲」に関して殆ど理解できていないので「非常に研究のやり甲斐あるテーマ」になるだろうと冷たく言い放たれ、その後ろで資料を読んでいた波木に「ふっ」と笑われた。

この二人はおそらく、水野研究室史上最悪のコンビじゃないか。

でも……。

実を言うと、雅が出雲をテーマに決めたのは、ここが「縁結び」の神々の地だからという点に重きを置いたからだった。研究に対する純粋さという観点から見れば、雅の方に瑕疵《かし》があることは認めざるを得なかった。

そうだとしても、あと半年で二十三歳。優しいカレシの一人くらい欲しい。縁結びくらい望んで当然！

そういうわけで、こうして遥々、出雲までやって来た。

しかも御子神に言われた「出雲四大神《よんおおかみ》」や、それに関連する神社、また個人的メインテーマの「縁結び」の神社である八重垣《やえがき》神社などなど、神社・史蹟を二泊三日で十五ヵ所以上もまわった。

ところが、出雲の本質はまだ先。それが今向かっている奥出雲にあるらしい。

そこで雅は、母親の塔子《とうこ》の友人の、旅行会社に勤めている女性に無理矢理頼み込んで、急遽、奥出雲にもう一泊することにした。

その結果、こうして、宍道駅十六時二分発の木次線に揺られているのだった。

《大蛇《おろち》雲》

夜空には美しい月が浮かび、闇の占める面積の方が少なく思えるほど無数の星が輝いていた。

春の星座群だ。

しし座が、おとめ座が、うしかい座が、北斗七星を含むおおぐま座がはっきりと見える。おとめ座の、ひときわ明るいあの星は、何と言う名前だったか……。

脈打つように頭が痛くて、とても思い出せない。

こんな場所でいきなり突き飛ばされて、そのまま仰向けに倒れ、大きな岩に後頭部を思い切り打ちつけた——らしい。

らしい、と言うのは、いきなり全身に激痛が走り、それ以降、手足の自由はもちろん、声すら出すことができなくなっているからだった。おそらく大量の血が、身体から流れ出てしまったのだろう。急激な寒さと震えに襲われている。

〝ああ……死ぬんだ〟
他人事《ひとごと》のように、そう確信した。
そして。
こんな私を、覗き込むようにして見つめているあなたは誰？
今まで何度も何度も見ている顔なのに、そしてついさっきのことなのに。
私を突き飛ばしたあなたの名前も、もう思い出せなくなっている――。
突然、すうっと意識が遠くなり、星の瞬きが見えなくなった。
岩にぶつけた頭も、全く痛みは感じない。
大量に流れ出た血も、既に冷たい岩の表面で乾き始めているのではないか。
でも。
さっき見たあの美しい星たちに見守られているのなら、何も――死も恐くない。
ただ、自分の本命星である「水星」が見えないのだけが淋しいだけ。
きっと私はもうすぐ、あの星の一つになるのだろう。
そして今度は、私を殺したあなたをずっと見下ろすのだ。
あなたが自分の人生を閉じるその日まで……。

斎木《さいき》裕子《ゆうこ》は、薄れゆく意識の中でそう思った。

＊

島根県奥出雲町には「鬼《おに》の舌震《したぶるい》」と呼ばれる景勝地がある。

奥出雲を代表する河川・斐伊《ひい》川の支流、大馬木《おおまき》川の急流が浸食され、およそ二キロメートルにわたって蛇行する深いV字型の峡谷で、そこには「鬼の陰陽《いんよう》石」「牛の首」「鬼の試刀岩《しとういわ》」「大天狗岩」「小天狗岩」「鬼の落涙岩」や、渓谷内で最も不思議とされている、約三十メートルの山肌の岩上に一つだけ独立して垂直に立っている「水瓶岩《はんどいわ》」などの奇岩群が、訪れる観光客を驚かせている。

なぜ、この峡谷が「鬼の舌震」などという奇妙な名称で呼ばれているのか、その理由は『出雲国風土記』に載っている。

遥か昔。

阿伊《あい》の国にいらっしゃった玉日女命《たまひめ》という女神を、日本海に住む「和尓《わに》」（サメ）が慕って、斐伊川を泳ぎ上ってきた。ところが、それを嫌がった玉日女命は、巨大な岩で川を堰《せ》き止めてしまう。

そのためワニは、ただ彼女を恋い慕うばかりとなってしまった。

そこでこの場所が「ワニの恋山《したいやま》」と呼ばれるようになり、いつしか「ワニのしたい」が「鬼の舌震」に転訛《てんか》したといわれている。ただ、これらのいわれに関しては諸説あって、真偽の程は明らかではないが、この渓谷が『出雲国風土記』が書かれた頃から存在していたことだけは確かだ。

そんな歴史ある奥出雲を、磯山源太《いそやまげんた》は誇りに思っている。

何しろ『出雲国風土記』が完成したのは、今から千三百年ほど昔のことだといわれている。凄い歴史だ。

もちろんその頃は、現在のようにのんびりと散策を楽しめる遊歩道もなく、長さ百六十メートル余りの「恋吊り橋」どころか「天狗橋」や「玉日女橋」など影も形もなかったろうから、たとえば対岸に渡るためには「猿渡《さわた》り」のように、飛び石の上を滑らないように跳んで行くか、もしくは今、源太が歩いているような上流まで遡《さかのぼ》って、細い急流を無理矢理に渡ったか。

〝どっちにしても、大変なこった〟

源太も、この近くの亀嵩《かめだけ》で、親の代から続く古い小さな民宿を営んで四十年になるから、その歴史の古さを自慢しているが、この峡谷の岩一つ見ても比較にならないほどの歴史を持っているわけだ。

源太は、釣り道具を肩に掛け、足元に細心の注意を払いながら、しかし慣れた足取りで岩場を進んだ。このもう少し先に、絶好の渓流釣りのスポットがあるのだ。

両岸一杯、こぼれ落ちんばかりの緑に囲まれたその場所は、密かな憩いの空間で、同時に自分の民宿で使う新鮮な食材を手に入れることができるという、理想的な一石二鳥の場所だった。今日の好釣果を斐伊川の神様に祈りながら、音を立てて流れる渓流沿いの岩場を歩いていたその時。

何気なく川面を見ると、椿か、あるいは紅葉葉《もみじば》のように真っ赤な花のような物が、白く泡立って流れる水に揉まれながら、川を下ってきた。だが、今は三月で季節外れ。そんな物が流れてくるわけもない。

源太は目をこらす。

するとそれは、一本の櫛だった。そこに、赤いラインストーンがついている。それを見た源太は、ハッと足を止めた。

源太の地元、亀嵩に住んでいる一人の若い女性を思い出したのだ。彼女は、同じようなヘアアクセサリーをいつも愛用していた。

しかし、もしもあれが彼女の物だったとして、

〝それがどうして、こぎゃん所に？〟

源太は首を傾げると、釣り道具を肩に掛け直して、更に上流へと向かった。

やがて源太が勝手に「亀岩」と名づけた大きな岩が見えてきた。ここが、他人には内緒の渓流釣りスポットだ。その手前に、平べったい岩があるのだが、今日はいつもと光景が違う。岩が何やら全体的に黒っぽく感じる。

〝何だ？〟

不思議に思って近づいた源太は、その場で腰を抜かしそうになった。岩が黒く染まっていたのは、水か油でもかかったのかと思ったが、よくよく見れば、

「血でねえか！」

大量の血が、岩の上に付着していたのだ。

〝でも、どうして？〟

源太は、そろそろと近づく。

その血が岩伝いに滴《したた》り落ちた痕《あと》があり、その先には、

「あっ」

源太は大声を上げた。

岩場と渓流の中間ほどに、女性が仰向けに倒れ、ピクリとも動かずに空を見つめて

いた。しかもその女性は、先ほど見た櫛の持ち主。

〝裕子ちゃんでねえのか！〟

間違いない。

亀嵩の、斎木裕子だ。

「おい……」

源太は恐る恐る声をかけてみたが、裕子は全く反応しなかった。ただじっと、空を見ているだけ。

どうしてこんな所で！

源太の背中の真ん中を冷たいモノが走り抜け、膝頭《ひざがしら》がガクガクと大きく震えた。

「たっ、大変だよ」

源太は大あわてで岩場を走って戻る。

何度も足を取られて渓流に滑り落ちそうになったが、なんとかこらえて走った。

とにかく警察に連絡しなくては！

奇妙な殺人事件が片づいたばかりだというのに、また事件とは。

今年はもしや、そんな年回りなのか……。

今までならば全く気にしないようなことを思ってしまうのも、ここ数日にかけて黄泉比良坂近辺で起こった事件のせいだ。

その事件のおかげで、まだ垣間見たことすらない世界が、現実世界と同等の価値や質量を持って厳然として存在している——らしいことを知らされた。

＊

そして今度は、奥出雲の事件。

島根県警捜査一課警部の藤平徹《ふじひらとおる》は、部下の巡査部長・松原将太《まつばらしょうた》と共に車を降りると、一つ大きく深呼吸した。浅い緑の香りと、川沿いに咲き乱れるさまざまな花の匂いが鼻腔をくすぐる。

仁多《にた》郡、奥出雲町。

松江から高速に乗り、宍道を経由して三刀屋《みとや》木次まで。そこから国道をひた走りに走って、この現場にやって来た。もちろん、木次線というローカル列車も走っているが、本数も少ない上に時間もかかる。

昔に観た松本清張《まつもとせいちょう》原作の『砂の器』という映画では、東京の刑事が山陰線などを乗り継いで亀嵩までやって来るという場面があった。確か、東京駅を夜行で出発して、翌日の夕方に松江着。そこで一泊して、改めて亀嵩に向かうというストーリーだったはず。東京から二日がかりの旅だ。

だが現在は、羽田から出雲空港まで約一時間半。空港から宍道駅まで、車でわずか十五分ほど。そこからは、藤平たちが通ってきたように高速道路や国道が整備されているから、車を利用すれば圧倒的に早い。

藤平は、今までにも何度かこっち方面まで足を運んだことがある。「鬼の舌震」を見物に来がてら、女房にせがまれ、出雲横田の稲田神社まで蕎麦を食べに来た。その時は、何もわざわざと思ったが、神社の庭を眺めながら社務所に併設された食堂で食べる「姫のそば」が、予想以上に美味《うま》かった。帰りには、道の駅や「食の杜《もり》」で、奥出雲ワインなどを買い込んだが、あのワインもなかなかだった——。

つまらぬことを思い出していた藤平は、

「警部、こちらです」

松原の声で「おう」と現実に立ち戻ると、地元の警官に案内されて、現場へと続く岩場を歩く。「鬼の舌震」のかなり上流になるのだろう。川幅は狭く流れも急で、所々で白く渦を巻いている。この辺りはすでに禁漁区から外れているようで、普段なら釣り人が多く糸を垂らしているらしかったが、今日は立ち入り禁止になっていると警官が説明した。

現場は渓流沿いに見える、ひときわ大きな岩の近くのようだった。その巨岩の前の平らな岩の上には、どす黒い血の跡が描かれ、近寄って覗き込めば、少し下の岩場にシートを被せられた女性の遺体があった。

藤平たちは慎重に岩場を降りて遺体を確認した後、鑑識に尋ねる。

「あの岩から滑落したのは、間違いないね」

ええ、と鑑識は答えた。

「その点は間違いないんですが、死後に滑落したのか、それとも滑落後に死亡したのか、その点はまだ」

「死亡推定時刻は？」

「昨夜遅くから、今朝未明にかけてかと」

「やはり、殺しかね？」

「おそらくは」鑑識は硬い表情で頷《うなず》く。「あの平らな岩にも、被害者を引きずったような跡が見られますし」

「被害者が、自ら動いたということは？」

「可能性としてはありますが、近辺の地面が乱れていましてね。あと、岩場にも争ったような痕跡が。これから確認作業に入りますが、発見者も含めてでしょうが、何人かの足跡が見て取れます」

ふん、と藤平は鼻を鳴らす。

「被害者の身元は？」

「斎木裕子、二十七歳です」今度は警官が、メモを見ながら答えた。「亀嵩に独りで暮らしていたようです。被害者の所持品と、第一発見者の証言とで裏が取れました」

「その発見者は？」

「磯山源太、六十八歳。亀嵩で民宿を営んでいる男性です」

「磯山……」

「何か？」

「いや、何でもない。それで」

「発見者は、今朝早く釣りにやって来て被害者を発見し、顔見知りの女性だったので驚いたと言っています」

「この件に関与している可能性は？」

「あくまで自分の直感ですが、偶然に事件と出くわしてしまったような感触でした。かなり驚いている様子で」

「なるほど」と藤平は鼻を鳴らす。「そこまで分かっているなら、その発見者に直接話を聞いた方が早そうだな」

「『鬼の舌震』近くのレストハウスで、待機してもらっています」

「じゃあ、すぐそちらに移動しよう」

藤平は遺体の搬送などの指示を出すと、松原と共に現場を後にした。

*

列車の窓の外はさっきから前後左右、全て緑。しかも、静かな夕暮れ時。こんな風景の中にいるのは、生まれて初めてかも。

雅の心は物悲しい思いで満たされる。

〝これはもしかして、旅情？〟

いや違う。うまく分析できないけれど、

旅心？　旅愁？

なんとなく違和感がある。

やっぱり自分には、文学的才能が欠如しているらしかった。

雅は車窓から視線を戻すと、手元の荷物から資料を取り出して膝の上で開いた。

この地に足を運ぶまで、出雲といえば大国主《おおくにぬし》命だとばかり思っていたが、実際にやって来てみると、一概にそうと言えないことが分かった。その証拠は、出雲大社内に何ヵ所も発見することができたし、素戔嗚尊《すさのおのみこと》が主祭神といわれている熊野《くまの》大社の「亀《かめ》太夫神事《だゆうしんじ》」などでも顕著だ。

どうやら出雲国は、もともと素戔嗚尊がメインの神様らしい。

となれば、何故いつの間にか大国主命に取って代わられてしまったのか？

素戔嗚尊は、伊弉諾《いざなぎ》尊が黄泉《よみ》国から逃げ戻り「竺紫《つくし》の日向《ひむか》の 橘《たちばな》の小戸《おど》の阿波岐《あわき》原《はら》」で「禊《みそ》ぎ祓い」をした際に、彼の鼻から生まれた男神だ。その時に、伊弉諾尊の左目から天照大神《あまてらすおおみかみ》が、そして右眼から月読《つくよみ》命が生まれている。いわゆる「三貴神《さんきしん》」誕生の場面だ。

水野は大学の講義で、「三貴神」は同時に「三鬼神」であるとも言った。

確かに素戔嗚尊はその後、数々の乱暴狼藉を働いて、天照大神の「天岩戸隠れ」という日本神話史上最大ともいえる事件のきっかけを作り、その後、神々によって高天原を追放されている。また、もう一方の月読命に関しては、まだ雅もそれほど詳しくないのだが、黄泉国の神となったことから「悪神」といえるだろう。

だから、これらの二神が「鬼神」であるという説は納得できる。

でも、天照大神も「鬼神」というのは？

さすがに雅も疑問に思って、すぐ水野に直接問い質してみた。すると水野は、

「皇室の祖神が鬼神で、何かおかしいですか？」

と雅に尋ね返してきた。

えっ、と戸惑う雅に、水野は微笑みかける。

「ぼくは、天照大神は日本を代表する怨霊神の一柱と考えているんですけれど、きみもそう思いませんか」

わが国の太陽神で、同時に皇室の祖神である女神が「鬼」で「怨霊」？

雅は、天照大神の天岩戸隠れに際しての、他の神々の激しい狼狽ぶりや困惑、彼女が岩戸から再び現れた時の喜びようを水野に向かって話した。もしも彼女が、水野の言うような大怨霊であれば、神々が天照大神復活を、あれほどまでに欣喜雀躍《きんきじゃくやく》して迎えるはずもない。

すると水野は、

「天照大神は、疑いようもなく大怨霊です。この事実が『記紀』の記述との間で矛盾を生じているとするならば、きっとそれは、どこかの部分で虚偽が書かれ、真実が糊塗されているからでしょう。では、それは何故、どういう理由からだったのか。そんなところを、ぜひご自分で考えてみてください」

そう言うと、嬉しそうに目を細めて笑った。

しかし、天照大神はともかく、素戔嗚尊に関しては『記紀』を読んでいる限り「鬼神」「悪神」で間違いない。そのために「神逐《かみやら》い」されているのだから。

さっきも急いで確認したら『日本書紀』神代上《かみよのまき》・第七段一書《あるふみ》第三では、高天原を追放された素戔嗚尊に関して、こんな風にあった。

諸々の神が素戔嗚尊を責めて根の国——黄泉国へ送り出した時、雨も激しく泊まる宿もなかったのにもかかわらず、誰一人として彼に手を差し延べようとした人々はいなかった。それればかりか、その時の素戔嗚尊の姿と同じ「青草を結束《ゆ》ひて、笠蓑《かさみの》」を身に着けている神はそれ以来、酷く忌まれることとなってしまう（ちなみにこれは「案山子《かかし》」と同じ姿だ）。そこで、笠蓑姿で他の神のもとを訪れること自体も「不吉」

と見なされた。

というのも、素戔嗚尊のような格好をしている神や人間を助けたら、素戔嗚尊と同じ仕打ちを受けたからだ。

『記紀』などによると素戔嗚尊は、出雲の肥《ひ》（簸）の川上の鳥髪《とりかみ》という地に降り立ったとあり、どちらにしても悲惨な状態のまま出雲国にやって来る。

ここで『出雲国風土記』を見ると、彼は『神須佐能袁命《かんすさのおのみこと》』『神須佐乃烏命《かんすさのおのみこと》』などと表記されていて、四ヵ所にだけ登場している。ところが、意宇《おう》郡・安来《やすぎ》郷では「神須佐乃烏命」が「私の心は、安らかになった」と神言したとか、飯石《いいし》郡・須佐《すさ》郷では「神須佐能袁命」が「私の名前は、木や石にはつけまい」と神言して御魂を鎮め置いた――などなどとあるだけで、『記紀』に見られるような、八岐大蛇《やまたのおろち》退治という一大スペクタクルは全く書き記されていない。

どうしてだろう。

これは大きな謎では？

と雅は思っていたのだが、御子神にいわせると、『出雲国風土記』には、もっと大きな謎が隠されているという。

〝考えなくちゃならないことが、盛りだくさん……〟

雅は溜息を吐きながら資料をめくった。

この素戔嗚尊の『風土記』の登場の仕方に関しては、日本古代史家の瀧音能之《たきおとよしゆき》のこんな意見がある。


「『出雲国風土記』をみると、スサノオ神の伝承が記されている飯石郡や大原郡、および仁多《にた》郡の三郡では、砂鉄がとれ、製鉄が行われていたと思われる。スサノオ神はその製鉄集団の神であり、その信仰の拠点は自分の名を地名とした須佐郷にあったと考えられるのである」


その通り、と雅は素直に納得した。

奥出雲で良質の砂鉄が採れたことは『出雲国風土記』にも記載されていて、彼はこの地でヒーローとなる。八岐大蛇を退治して、奇稲田《くしなだ》姫を救うのだ。有名なその場面は――。

素戔嗚尊が肥（簸）の川上にやって来ると、

「この時、箸《はし》その河より流れ下りき」

と『古事記』にあり、また『書紀』では、

「時に川上に啼哭《ねな》く声有るを聞く」

となっていて、近くに誰か人がいることを知った尊は、川の上流へと向かった。すると、一人の少女の髪を撫でながら老夫婦が泣いていた。そこで尊は、

「汝等《いましたち》は誰《たれ》ぞ」

と問いかける。すると老夫婦は「この国の神で、自分の名前は脚摩乳《あしなずち》（足名椎）、妻の名前は手摩乳《てなずち》（手名椎）です」と答えた。

そこで尊が「どういうわけで泣いているのか」と尋ねると脚摩乳は、私には八人の娘があったが、高志《こし》の八岐の大蛇が毎年襲ってきて娘を食べてしまい、ついにこの娘一人になってしまった。しかも、そろそろ大蛇が襲ってくる時期となり、この娘もまた食べられてしまうのだ、と言って再び泣いた。

尊が「その大蛇は、どのような形をしているのか」と尋ねると、

「その目は赤かがちの如くして、身一つに八頭八尾《やかしらやお》あり。またその身に蘿《ひかげ》と檜《ひ》・椙《すぎ》と生ひ、その長《たけ》は谿八《たにや》谷《たに》・峡八尾《おやお》に度《わた》りて、その腹を見れば悉《ことごと》に常に血に爛《ただ》れたり」

大蛇の目は酸漿《ほおずき》のように赤く、一つの胴体に八つの頭と八つの尾がある。体にはヒカゲノカズラや檜《ひのき》や杉の木が生えていて、その長さは八つの谷、八つの峰に渡り、腹を見ればいつも血が滲んで爛れている、と告げた。そこで、尊は老夫婦に奇稲田姫を

自分の妻とする許可を得て、八岐大蛇退治に挑む。

まず姫を「ゆつ爪櫛《つまぐし》（湯津爪櫛）」に変えると、自分の「みずら（髪）」に挿した。

〝ここも、そう〟

雅は資料を読みながら、爪を嚙む。

出雲にやって来る前から、ずっと頭に引っかかっている「櫛」だ。なぜ日本神話には、こんなに「櫛」が登場するのか？

しかし、この件は後回しにして、今は先を読む。

続けて、素戔嗚尊は脚摩乳たちに向かって、

「汝等《いましたち》八塩折《やしおおり》の酒を醸《か》み、また垣を作り廻《もとお》し、その垣に八門《やかど》を作り、門ごとに八《や》さずきを結《ゆ》ひ、そのさずきごとに酒船《さかぶね》を置きて、船ごとにその八塩折の酒を盛りて待て」

何度も繰り返して醸した強い酒、「八塩折の酒」を用意して、垣を作って辺りに廻らし、その垣には八つの門を拵《こしら》えて、門ごとに八つの酒槽《さかおけ》に酒を満たしておくように命じた。

やがて老夫婦の言う通り八岐大蛇が姿を現したが、大蛇は「八塩折」の酒の匂いに惹かれて、それぞれの酒樽に頭を突っ込んで酒を飲み、ついには酔っ払って正体不明に陥って泥のように眠り込んでしまった。

それを見た素戔嗚尊は、自分の腰に差していた十挙剣《とつかのつるぎ》を抜き放つと大蛇の体をズタズタに斬ったため、その流れる血で肥河は真っ赤に染まったという。

ところが、大蛇の尾を斬った時、十挙剣の刃先がポキリと欠けた。不思議に思った尊が尾を斬り裂いたところ、そこから素晴らしい太刀が一振り現れた。そこで早速取り出して、天照大神に献上した。これが今に伝わる三種の神器の一つ、草薙剣《くさなぎのつるぎ》だ。

ここまでが、八岐大蛇退治の部分なのだけれど、これらの伝説の意味としては、

「クシナダヒメは、（中略）神の妻となるべき巫女であった。（中略）その姫が大蛇に呑まれるというのは、年ごとに雨期になると肥河が氾濫《はんらん》して、流域の稲田が壊滅する恐怖を、神話的に語ったものであろう。（中略）英雄の力によって川の氾濫を止め、豊饒《ほうじょう》が約束されたことを意味している。なお大蛇の尾から草薙剣が発見される話は、肥河の上流一帯が優秀な砂鉄の産地であり、肥河の流域で剣が鍛造されたことと関連があるであろう。大蛇の腹がいつも血に爛れているというのも、肥河に鉄を含んだ赤い水が流れ込む様と見ることができる」

と解説にある。

ここでも、やはり「鉄」に絡んだ話と考えられている。古代神話――いや、それ以降の『記紀』のエピソードを読んで行くと、必ずと言って良いほど「鉄」に絡む話となる。でもそれは当然で、当時は「鉄」を制する者が全てを制していたからだ。現代でいう「金」や「ダイヤモンド」のような存在だから。

また、先の瀧音能之もこの時の状況に関して、

「スサノオ神が八岐大蛇の尾から出てきた草薙大刀《くさなぎのたち》を高天原のアマテラス大神に献上していることも出雲（葦原中国《あしはらのなかつくに》）の天孫への献上とオーバー・ラップするであろう」

「『クサ』は『臭し』の語幹、『ナギ』は古くは蛇を表す語で、獰猛《どうもう》な蛇から出現した剣という意であったものが、先の草薙伝承に結びついたともいう」

と書いている。

続けて彼は「櫛」についても、こう述べていた。

「『クシ』は美称で稲田を賛美したものと考えられ、田の神につかえる巫女神とされ

る」

うーん。と雅は首を捻《ひね》った。

今までの部分はともかく、雅はこの「クシ」に関しての解説は少しだけ納得できない。では、どこがどう納得できないのか。

それも、うまく言葉にできなくて、もどかしい。

でもきっと解明できる。そう信じている。

だって、ここが「几帳面で手堅い」乙女座の腕の見せ所。

しかも、ユニークで突飛な発想を持つB型！

〝必ず、解いてみせるわ〟

軽く拳を握ると、雅は最後の部分に目を通す。

見事に八岐大蛇を退治した素戔嗚尊は、奇稲田姫を伴って新居を求め、須賀《すが》の地に移った。そこで、

「この地は、気分が清々《すがすが》しい」

と言われて住まわれた。

須賀の地には「須我《すが》神社」という古社があり、ここが『記紀』に書かれている「須賀宮」であるという。その証拠に、神社の奥宮には巨岩――「夫婦岩」が祀られていて、神社も「日本初之宮」と謳《うた》っているらしい。

そしてその時に詠まれたのが、あの有名な、

八雲立つ出雲八重垣　妻ごみに
　八重垣作る　その八重垣を

の歌だ。これが奇稲田姫という新妻を新居に住まわせるための歌だというのだが、これが本当に「清々しい」歌なのか？

むしろ、マイナスイメージ一色の歌なのではないかと思う。

でもとにかくこれが、出雲国における（『出雲国風土記』には収載されていない）一大スペクタクルである素戔嗚尊の八岐大蛇退治伝説だ。

雅が、車窓に視線を移すと、木次線は軽やかに蛇行しながら緑の中を走っていた。

＊

藤平たちがレストハウスに到着すると、隔離された一角のテーブルで警官に囲まれ、白髪頭と白い髭面の初老の男性が、体を硬くして座っていた。男性は伏し目がちに、磯山源太と名乗った。

藤平は、先ほどから気になっていた質問を投げかける。三日前の黄泉比良坂の事件の第一発見者の名前は「磯山源次《げんじ》」ではなかったか。

すると、

「源次は、わしの弟です」と源太は肩を落として嘆息した。「定年になって、あっちの方へ引っ越しよったんです。何もわざわざ都会に出ることもなかろうに、だけん、そぎゃんな目に遭う」

そうは言うものの、こちらに残った源太も同じような体験をしたのではないかと藤平は思ったが、口には出さず、

「磯山さん」と尋ねた。「発見当時の状況を、お聞かせ願いたいんですが」

その質問に源太は、今日のお客さんの食卓に出すつもりのヤマメを釣りにやって来

て、彼女を発見したと答えた。ここまでは、今までの情報と同じだ。

「あなたは、しばしばこちらに？」

藤平の問いに「はい」と源太は答える。

「渓流釣りの良い場所があるもんで。お客さんのある時は度々、いえ、お客さんがない時でも」

「昨日は？」

「畑をやっとりました」

「釣りには、来られなかった？」

「ええ」

やはり殺害時刻の確定は、検案待ちだ。

「ところで、磯山さんは、被害者と顔見知りとか？」

「そうなんだで！」それまで俯《うつむ》いたままだった源太は、目を丸くして叫んだ。「だけん、こんなびっくりしてしもうて」

「被害者は、どういった方だったんでしょうかね」

藤平の質問に、源太は身を乗り出して答える。

被害者の斎木裕子は、亀嵩の湯野《ゆの》神社近くに独りで住んでいる女性で、ずっと地元の会社や商店を転々としていたが、数年前に両親を亡くして不動産収入を受け継いだので、それからは、自由気ままに暮らしていた――。

「だからこの間も、長い休みを取って海外旅行に行って来たと言っちょりました。確か、オーストラリアだったとか」

それは豪勢なことだ。藤平などは、女房と一緒にハワイにも行ったことがない。

「それでは」と藤平は問いかける。「近所の人たちから、色々言われたりもしていたんじゃないですかな」

「それは……」源太は口籠もった。「まあ、何だかんだと言っちょる人たちもおりますがね。だが、かみさんとは気が合うらしくて、たまに遊びに来てくれとりました。わしらには子供がおらんし、弟も松江に行ってしまったんで……裕子ちゃんは、可愛がっちょうました」

自分の娘か孫のような感じか。そんな子が、近所で余り評判が芳《かんば》しくなければ、なおさら可愛がっていたかも知れない。

藤平は納得して、質問を変える。

「では、磯山さんが被害者を発見した時の様子を、詳しくお伺いしたい。あなたは、どうやって被害者を発見したんですか？」

それが、と源太は眉《まゆ》を顰《ひそ》めた。

「あの川の岩場を歩いておったら、何かおかしいな、と思ったんです」

「と言うと」

「川上から、綺麗な櫛が流れてきましてね」

「櫛が？」

「はあ。それが、どうも見たことのある物だったんで……。不思議なこともあるもんだと思いながら上流に行ったら、あんなことに」

「その櫛が、被害者の物だったというわけですか」

「はあ。多分、裕子ちゃんがいつも髪に飾っておったんじゃないかと。こんなことになると分かっておれば、あん時、無理してでも拾っといてあげれば良かったです。きっと供養になっとったでしょうに……」

藤平は松原と視線を交わす。

黄泉比良坂の事件に続いて、またしても櫛？

それが被害者の髪から抜け落ちて、渓流を下ったということか。

「何か」源太が、不思議そうに二人を覗き込んだ。「わし、変なことでも言いましたかな……」

いいえ、と藤平は軽く咳払いする。

「それであなたは、斎木裕子さんを発見した」

「はい。あの平べったい岩が黒っぽくなっとって、何だろうと思って近寄ったら血のようで。それで、何事が起こったんじゃろと辺りを見回したら――」

源太は辛そうに嘆息した。

「警部さん、一体何があったんだね？」

「現在、捜査していますから」

「よろしくお願いしますよ。何たってこんなこと――」

「また改めてお話を伺わなくてはならないこともあるでしょうが、その時はご協力ください」

「はあ……」

と源太が弱々しく答えた時、

「あんたっ。一体どうしたね！」

という金切り声と共に、日本手拭いを握りしめた女性が部屋に飛び込んできた。

「かあちゃんっ」その女性の顔を見て、源太が叫ぶ。「いやあ、どうもこうもねえよ！」

源太の奥さんらしかった。女性は藤平たちの姿を認めると、あわてて畏《かしこ》まり、口の中で「こげん所まで、ご苦労さんです」などと言いながら深々とお辞儀をした。

その後二人は、お互いに早口で喋り合っていたので、藤平たちは一旦退散することにした。

源太と奥さんは泡を飛ばして語り合いながら、何度も藤平たちに頭を下げていたが、松原がドアを閉めようとしたその時、藤平の耳に彼らの会話が飛び込んできた。

「でも父ちゃん、今日のお客さんたちの夕食のおかずは！」

「そうじゃ」源太の叫び声が響く。「大変じゃ。どげーしょうかの！」

＊

相変わらず木次線に揺られながら、雅は一旦資料を閉じてバッグからノートとペンを取り出すと、今度はこれまでに登場したり思いついたりした「櫛」を書きつけてみた——。

・「櫛御気野命《くしみけぬ》」

出雲国一の宮・熊野大社の主祭神で、素戔嗚尊の別名とされている。八岐大蛇退治後に、結納品として奇稲田姫《くしなだ》に「櫛」を贈った。

・「奇稲田姫」
素戔嗚尊の后神で、『古事記』では「櫛名田比売《くしなだひめ》」。今見たように、素戔嗚尊が八岐大蛇と戦う際に「湯津爪櫛《ゆつつま》」に変えられた。

・「天照国照彦火明櫛玉饒速日命《あまてるくにてるひこほあかりくしたまにぎはやひ》」
単純に「饒速日命」と言った方が有名だけれど、またの名を「櫛玉命」。物部《もののべ》氏の祖神といわれている。

・「櫛玉比売《くしたま》」
饒速日命の后神で奈良の「櫛玉比女命神社」に祀られている。

・「倭大物主櫛甕玉命《くしみかたま》」
大物主神のことで、奈良の三輪《みわ》明神。

・「玉櫛姫《たまくしひめ》」
玉依姫《たまよりひめ》のこと。いわゆる「祓戸《はらえど》の大神」の一柱の「瀬織津姫《せおりつひめ》」、あるいは「勢夜陀多良比売《せやだたらひめ》」と同神であり、更に「天照大神」と同神という説もある。

・「櫛明玉神《くしあかるたまのかみ》」
玉造部《たまつくりべ》の祖神といわれている。『古事記』では「玉祖命《たまのおやのみこと》」。

・「櫛八玉神《くしやたまのかみ》」
松江の賣布《めふ》神社に祀られている神。

・「八櫛神《やくしのかみ》」
大国主命の御子神である建御名方《たけみなかた》神の子孫神。「ヤクシ」という名称から「薬師」とも。

また、神社などでは、

・「櫛田《くしだ》神社」
福岡県福岡市の神社で、もともとの祭神は「櫛田姫＝櫛名田比売」だったという。
・「櫛石窓《くしいわまど》神社」
兵庫県篠山《ささやま》市の神社で、主祭神は瓊瓊杵《ににぎ》尊と共に降臨されたという櫛石窓神。
・「槵触《くしふる》神社」
宮崎県高千穂にある、瓊瓊杵尊が降臨したとされている「槵触峯《くしふるだけ》（久士布流多気）」の麓に鎮座している神社。

その他にも、
香川県の「神櫛神社」、奈良県の「御櫛《みくし》神社」などなど……。
ただ漠然と「櫛」の文字が使われているはずもないし、たまたま同じになったということは、全く考えられない。何しろ神様の名前なのだ。一文字一文字、気を配りながらつけられているはず。ということは、現代の私たちが、その意味を理解できなくなってしまったというだけの話なのだろう。

誰か、そんなことを調べていた人はいなかったろうか？

何十年も前に「櫛の呪力」というテーマで論文を書いていた人がいたような……。

あとは、『書紀』神代上の大己貴神《おおなむち》――大国主命の部分に登場する「幸魂《さきみたま》 奇魂《くしみたま》」。

それと、これは御子神に指摘されたのだけど、伊勢神宮に天皇の名代として奉仕する未婚の内親王、または女王が伊勢の「斎宮《さいぐう》」として旅立つ際に、天皇自ら彼女の髪に挿す「櫛」は「別れの御櫛《みぐし》」と呼ばれている。

つまり「櫛」は、その相手との別れの印なのではないかと。

雅が資料から視線を外すと、いつの間にか列車は「出雲三成《みなり》」駅を過ぎて、湯ノ原トンネルに入っていた。このトンネルを抜ければ、次は雅の目的地「亀嵩」駅だ。宍道を出発してから、あっという間の一時間半だった。雅は、資料やノートをまとめて、降りる準備を始めた。


列車は予定時刻通り亀嵩駅に到着した。予約してある民宿までは、ここから徒歩二十分ほどだというから、ちょうど良い時間。

雅は荷物を肩に木次線を降りたが、他に誰も乗降客がいない。列車は雅を降ろすとすぐに発車して、辺りは何の物音も聞こえなくなった。ただ、緑と花の香りが充満しているだけだ。

無人の改札をくぐり、古ぼけた駅舎を出て、一本道を民宿へと向かうと、道沿いに「和泉式部《いずみしきぶ》の墓」と書かれた案内板が立っていた。式部はもちろん平安時代の、恋多き女性歌人だ。ちょっと興味を覚えた雅は、線路を渡って寄り道することにした。

近辺に立っている案内板を読めば、式部は地方官として九州に赴任した夫を慕って後を追ってきたが、この地で病を得て没したと書かれていた。日本全国に彼女の墓が建てられているけれど、ここの伝承は少し悲しい。

雅は深々と一礼してお参りすると、再び線路を渡って一本道に戻り、メモに書きとめた民宿の場所と名前を、歩きながら確認する。場所は、このまま真っ直ぐだから大丈夫。

そして宿の名前は、

「民宿　磯山」

とあった。

〝約束の時間ギリギリになっちゃったけど、何とかＯＫ〟

雅は荷物を背負い直して、夕暮れの田舎道を民宿へと向かった。

《曇《くも》り雲》

亀嵩周辺で聞き込みを続けていた藤平たちは、奇妙な話を入手した。

ここ一ヵ月、この近辺で死亡者が三人も出たというのだ。

交通事故で二人、脳梗塞《のうこうそく》で一人だという。事件性はないようだったが、念には念を入れて役場や病院に確認した。すると、やはり特に不審な点は何も見当たらなかった。それ以前に、都会に暮らしている人間から見れば、不思議とすら感じない話だろう。交通事故だけでも、毎日何人もの人々が亡くなっているのだから。

だがここは、奥出雲町。人口約一万五千人の町だ。

調べたところ、交通事故だけでなく老衰などの自然死をカウントしたとしても、死亡者数は奥出雲町全体で年間二百五十人に届かない。そして亀嵩近辺に居住している人々は、町の人口の十分の一ほど。となれば、単純計算で月に一人か二人の死亡者数になる。

それにもかかわらず、最近一ヵ月で三人亡くなり、更に今回もう一人死亡した。

しかも、斎木裕子の事件が殺人となれば、これはもう殆ど前例のない事態だ。まだ精査していないが数十年、いや、もしかすると亀嵩始まって以来の出来事になるかも知れない。

「熊は、しょっちゅう出《で》えけどね」町の古老が、日焼けした顔でくしゃりと笑った。「むしろ、仏さんに出くわす方が珍しいくらいだあね」――と。

そうは言っても、斎木裕子の事件以外の事故死や病死は全て確認済みだし、こうやって資料に目を通してみても、今のところ疑問点はどこにも見つからない。となれば、これらは全くの偶然としか言いようがないではないか。それとも――。

〝これが、天中殺《てんちゅうさつ》とか暗剣殺とかってやつか？〟

藤平は、その辺りの話は詳しくない。亡くなった祖母たちが、そんな話をしていたのを耳にした程度だ。「今年は、どこそこの方角が暗剣殺だから、出かけちゃダメよ」などと。

しかし、その年によって、行ってはいけない方角が存在するなどという話はとても信じられなかったし、想像すらできなかった。そんなことを考えていたら、出張だ家族旅行だなどと、現代社会に生きる我々は、全く身動きが取れなくなってしまうではないか。

第一、とても科学に裏打ちされている意見とは思えないので、ますます信用などできない。だから藤平は、その「暗剣殺」なるものが一体何物なのかすら知らないで、今日まで来ている……。

亀嵩の駐在所で、額に皺《しわ》を寄せて調書に目を通していた藤平のもとへ、「警部」と松原が走り寄って来た。「ちょっと、よろしいですか」

「おお。どうした？」

「今、鑑識と話をしていたんですが、斎木裕子の遺体に、おかしな点が見つかったそうです」

「何だと。どうおかしいと言うんだ」

「実は――」

と耳打ちする松原の話を聞いて、藤平は顔を歪めながら頷いた。

〝ということは……〟

今回はどうやら、おそらく亀嵩周辺初の殺人事件で確定したようだった。

＊

民宿「磯山」は、周囲の鄙びた風景に綺麗に溶けこんでいる小さな宿だった。しかし扉を開けて中に入ると、掃除も行き届いていて清潔そうな印象を受けた。

雅が奥に向かって「こんばんは」と声をかけると、

「いらっしゃいませ！」と初老の女性がニコニコと出迎えてくれた。おかみさんのようだ。「遠くから、まあ大変でしたねえ」

母親とその友人経由で、話が通じているらしい。そこで、雅も微笑み返しながら受け付けをすませると、すぐに、

「こちらへどうぞ」

と、小綺麗な六畳間に通された。窓の外は一面、夕暮れ色の緑。

雅が荷物を解くと、当初の約束通りすぐに夕食。

今日は昼食を摂る時間もなく移動して、電車の中でおにぎりを一個食べただけだったから、さすがにお腹がペコペコだ。これじゃ頭も働かない。とにかく何か食べて、奥出雲ワインの一杯でも飲まなくては！

その後でゆっくり温泉に浸かりながら、明日の予定を立てるつもり。羽田行き最終便までの間で、どれくらいまわることができるだろうか。そんなことも、ここで相談してみよう。自分でも、いくつかプランを立ててみたが、やっぱり地元の人に尋ねた方が確実。

雅が食堂へ降りて行くと、釣りと渓谷散策にやって来たらしい家族連れが一組、夕食を摂っていた。

先ほどのおかみさんが雅の前に食事を運んでくれた時（心の中で半分無理かなと思いながら）奥出雲ワインを置いてあるかどうか尋ねてみた。すると、

「すみませんねえ」おかみさんは、困ったように答える。「今日は、あいにくと切らしてしまっていて……。日本酒ならば、地酒がありますけど。『玉鋼《たまはがね》』と『おろちの火祭り』です。どっちも美味いですがね」

さすが奥出雲。両方とも、凄いネーミングだ。

日本酒は余り得意ではなかったけれど、折角《せっかく》なので「玉鋼」を小さなグラスに一杯だけ頼むことにした。

するとその時、食堂の奥から白髪頭でやはり白い髭を生やした男性が、ぬっと現れた。おかみさんの旦那さん、つまりこの宿の亭主らしい。男性は磯山源太と名乗る

と、民宿の名刺を雅に差し出しながら言う。

「いやあ、すまんの」じろじろと雅を眺めながら謝る。「わざわざ東京から来てまったのに」

煮物を口に運びながら「いいえ」と微笑み返す雅に、尋ねてきた。

「一人旅って聞いたけど、ここの他にも、出雲をどこかまわったかね」

そこで雅は、大学院の研究テーマで、出雲四大神や黄泉比良坂を始めとして神社・史蹟をまわり、松江には二泊した話を伝えた。

すると源太の顔色が急に変わる。

「あんたは、大学院で出雲を研究しとるんかね！　それで、わざわざ奥出雲まで来てくれたんか」

「研究室の准教授からの意見もありましたし、折角出雲まで来たんで、もう一泊しようって急に決めたんです」

「そりゃあ、嬉しいね」ついさっきまでとは打って変わって「おお、そうじゃ。ちょっと待っとってな」

そう言うと、源太は一旦奥に引っ込む。

再び戻って来た時には、右手に赤ワインのボトルを一本、左手には大きなワイング

ラスを下げていた。それらを雅の前にトンと置くと、

「飲むかね」

と笑いかけてくる。

えっ、と思って覗き込めば、ラベルには「奥出雲ワイン」とあった。

但し、昨日雅が飲んだものとは少し違っている。よく見れば「カベルネ・ソーヴィニヨン」とあった。

「でも」と雅は源太の顔を見る。「今日は品切れだと……」

「これは、わしのだから、売り物じゃない。けど、飲みたければどうぞ」

「そんな……」

「いやあ、実はね」と源太は、申し訳なさそうに言った。「今朝、ちょっとめんどーなことに巻き込まれちまってね。本当は、あんたに食ってもらうはずだったヤマメを、釣りそこなっちまったのさ。それでも、何とか釣った分は、さっきの人たちで終わっちまった。それで、市場で買ってきた魚と、うちのかかあの美味くない手料理で、勘弁してもらったってわけなのさ」

「いえいえ、そんな！」

「だから、お詫びの印だよ。奥出雲を調べに来てくれたあんたに飲んでもらえたら、

そりゃあ嬉しいね」

そこまで言われては、断るのもかえって失礼だ。そこで雅は、

「それじゃ……」

ペコリと頭を下げた。すると源太は「うん、うん」と笑いながら、大きく無骨な作りのワイングラスに、なみなみとワインを注いで「どうぞ」と言う。

「いただきます」

雅がグラスを手に取ると、ふわりと芳醇《ほうじゅん》な香が立つ。一口含むと、松江で口にした奥出雲ワインとは違って、また一段とまろやかだった。

「とっても、美味しいです！」

素直に喜ぶ雅を見て、

「そりゃあ良かった」源太の髭面が微笑む。「作っちょう人が、たまに持って来てくれるんだよ」

「この辺りで作っているんですか？」

「いや。もう少し北の方だけどね。観光客も大勢来るって言っとった。時間があれば、帰りにでも寄ったらいいよ。といっても、あんたは明日、どこをまわるつもりなのか知らんけど」

そう。それが重要！

雅は、素戔嗚尊や奇稲田姫関係の神社を、可能な限りまわりたいと答えた。あと、やはりタタラ関係の場所も見てみたい……。

その話を聞いて、

「そりゃあ、大変だ」源太は目を丸くした。「この辺りは、素戔嗚さんや奇稲田姫さん、それに素戔嗚さんの子供の、五十猛《いそたける》さんだらけだからな」

「やっぱり、そうなんですね」

そうげな、と源太は頷く。

「何せ素戔嗚さんは、ここらへんで八岐大蛇を退治して、奇稲田姫さんと結婚されとるからね。もっとも、八岐大蛇ってのは斐伊川のことだとか、奇稲田姫さんの『稲』は『鋳《いな》』で、田んぼの神様じゃなく鉄の神様だったたって話もあるね。まあ、そりゃあそうで、昔はここら辺じゃ、田んぼを耕す人よりも鉄を造ってる人間の方が多かったから。そげいやあ、京都の伏見稲荷《ふしみいなり》さんの『稲』も、本当は『鋳《いな》』で鉄だったたっていうだないか」

「大学でも、そう教わりました」雅は目を丸くした。「さすがに地元の方だけあって、凄くお詳しいですね」

すると源太は、

「いやあ」と照れ笑いした。「もう何年も前だけど、やっぱり東京から大学の教授だか助教授だかっていう男の人が来てね、色々と教わったんだ。その人は、地元《じげ》のわしらより、よっぽど詳しかったさ」

えっ。

雅は、ワイングラスを持つ手を止めた。

以前、松江に水野がやって来て、一般の人向けに講演会を開いたという話を聞いていたからだ。

「何年くらい前ですか？」

「そうだね……もう四、五年も前かな」

「もしかして、その男の人は――」

と言って雅は、水野の外見を伝えた。多分その頃だと、五十五歳前後。ちょっと小太りで黒縁眼鏡をかけていて……。

ところが、

「いいや」と源太は首を横に振った。「ちがーね。その人は、痩せ形の男性で、眼鏡はかけてなかった。なんつーか、ちょっと渋い感じの中年男性だった」

違う人か。

でも、きっとその人も、水野や雅たちと同じような説を考え、それを追ってここまでやって来たんだろう。

「あん時も楽しかったな」源太は懐かしそうに微笑む。「わしも、そういった地元《じげ》の話には興味あるから。その人とも、ワインを飲みながら夜遅くまで話したよ」

「そうなんですね」雅は頷きながら源太に言う。「お仕事さえ差し支えなければ、今夜もいかがですか？」

「わしの仕事は、もう終わっとるさ。後は、かかあの仕事だから」

「じゃあ、ぜひ、ワインも」

「いいのかね？」

いいのかねも何も、源太のワインだ。夕食もすっかり食べ終えたので、源太の話を聞きたい。そんなことを伝えると、

「そうかね」源太は、嬉しそうに笑った。「じゃあ、すぐにここのテーブルを片づけるよ」

そう言うと、雅のお膳を持って再び奥へ入った。やがてワイングラスを片手に、おかみさんと二人で戻って来ると、

「本当に、すんませんねえ」おかみさんは、申し訳なさそうに謝った。「この人のいつもの癖で、ちょっとここらへんに興味がありそうなお客さんがみえると、つまらない話をしたがって」

いえ、と雅はニッコリ笑った。

「私も奥出雲のことを知りたくてやって来たんですから、地元の方のお話を聞けるなんて、とってもラッキーです」

「そうですか……」おかみさんは心配そうに言う。「途中で嫌んなったら、いつでもお部屋に戻ってくださいよ」

「おめえは、いちいちうるせーよ」源太が睨んだ。「この人は、わざわざ東京から勉強しに見えてんだ。おめえは、それを置いたら、さっさと引っ込め」

「はいはい」おかみさんは苦笑しながら、雅の前にミックスナッツが盛られている皿を置いた。「これも、ワイナリーの方にいただいた物で、出雲の藻塩《もじお》がかかってますから、よかったらどうぞ」

「ありがとうございます」

雅がペコリと頭を下げると、おかみさんはお辞儀をしながら、奥へ入って行ってしまった。源太は「それじゃ」と言って雅の前に腰を下ろすと、ゴボリと手酌で自分のグラスにワインを注ぐ。

二人は乾杯して、一口ずつ飲んだ。

「ひゃあ、やっぱり美味いな」源太は、顔をほころばせる。「日本酒もいいけど、たまにはワインもいいね」

そう言ってもう一口飲むと、大振りのグラスが殆ど空になった。源太はまたしても手酌でワインを注ぎながら、雅に言った。

「まず、あんたに謝らんといかんね」

「ヤマメのことですか？」

「いや、ちげーよ。わしは最初あんたを見た時に、失恋か何かで出雲の縁結びの神様を頼ってやって来ただけかと思ったのさ。元気がなかったように見えたしね」

「ええ」と雅は苦笑いした。「松江で二泊しただけで疲れちゃったんです。ちょっとした、ハプニングもあったし」

「でも、大学院の研究で来られたんだろ。本当に失礼した」

「いえいえ」

それで、と源太は改めて尋ねる。

「松江じゃあ、どこをまわったんかね」

「はい」

雅は答える。

出雲大社を皮切りに、稲佐《いなさ》の浜、日御碕《ひのみさき》神社、長浜《ながはま》神社、万九千《まんくせん》神社、佐太《さだ》神社、能義《のぎ》神社、揖夜《いや》神社、黄泉比良坂、熊野大社、八重垣《やえがき》神社などなど……。

答えながら、自分自身でもずいぶんたくさんまわったな、と思っていると、

「そりゃあ、すげーね！」源太は大袈裟に声を上げた。「しかも、きちんと四大神さんをまわっとるじゃないかね。さぞかしあんたは、大学でも優秀な学生さんだったんじゃろうね」

「とんでもない！」雅は、あわてて否定する。「私なんか、初心者の初心者です」

これは本心だ。何しろ雅の上には、波木祥子と御子神が、そしてその上には、水野がいるのだから。きっとまだ、民俗学の入り口にも立っていない。

しかし源太は、

「そぎゃんこともねーだろ」

すでに赤い顔になって、笑いながら雅のグラスにワインをたっぷりと注いだので、
雅は焦って、

「も、もう充分いただきました！」と止めた。「とっても美味しいから飲み過ぎちゃ

いそうだし、それに明日もあるし」

そうそう、と源太は自分のグラスにも、コポコポと注ぎ足す。

「肝心な話をせんとね。それであんたは、素戔嗚さんや奇稲田姫さんって言ったけど、具体的にはどこをまわるつもりなんか？」

「まだ、はっきり確定してるわけじゃなくて——」

と言って雅は、夕食を食べ終わったら源太たちに相談してみようと思っていたと告げる。そして、一応考えていたスケジュール表を取り出して、読み上げた。

素戔嗚尊関連だと、斐伊神社、佐世《させ》神社、三澤《みさわ》神社、八口《やぐち》神社など。

奇稲田姫関連だと、稲田神社と、やはり佐世神社。

五十猛関連では、伊賀多気《いがたけ》神社、鬼神《おにがみ》神社、石壺《いわつぼ》神社、尾呂地《おろち》神社と、やはり三澤神社。

あと、大国主命や大己貴神関連で、三屋《みとや》神社や、来次神社——。

「そりゃあ、大変だよ」源太は呆れたように唸った。「そんなに沢山の神社を、明日一日で？」

「どうしても全部というわけじゃないんです。時間の都合もあるし。というより、木次線や路線バスの本数が少ないですから。でも、自転車じゃ無理なのは分かってるし、タクシーも凄くお金がかかるでしょう。だからといって、レンタカーの運転は全く自信がなくって。ナビがついていても、普通に迷っちゃうんです」

「ここらへんには、ナビに載ってない道も、沢山あるよ」

「それじゃ、なおさら無理です！　道がいっぱい分かれてたら、どっちへ行けば良いか分からないし」

「いやあ、大体がT字路だよ」

「それだって、右か左か分かりません」

「二つに一つだからね。どっちかに行けば大丈夫」

そんな！

「間違った方を選んじゃって、そのまま山を越えて、隣の広島県や鳥取県まで行っちゃったらどうするんですかっ」

「げなねー」源太は頷く。「ここらへんの神社は大抵、神職が常駐しとらんから、道も訊かれんしな。そん通りだ」

「だから困ってるんです」

雅の言葉に、源太は腕を組んでしばらく唸っていたが、

「うん！」自分の膝を、ポンと叩いた。「何なら、わしの車でまわってあげるか」

「えっ」

「明日は、何時の飛行機だね」

「出雲空港、十九時四十五分発の羽田行き最終便です……」

「そりゃあ良かった。わしは、夕方に木次まで行かなくちゃならんから、それまでの間で良ければ、奥出雲をまわってあげられるよ」

「そんな！　申し訳ないですっ」

「いんやいんや。そぎゃんこともねえよ」源太は笑った。「昔はお客さんたちを乗せて、この辺りを案内したもんさ」

「そう……なんですね」

「だから、どうってことないさ。わしの案内で良ければ、まわるよ。それこそ神社なんかについちゃ、あんたの方が詳しいかも知れんし、わしの車は軽《けい》けどさ」

そんなことは構わない。

むしろ、そこまで甘えてしまって良いのかと悩んでいる雅に、

「でもさ」と源太は言う。「折角来たんだから、普通の人たちがあんまりまわれない所も行った方が良いかも知れないな。たとえば、元八重垣神社とか、鏡ヶ池とか」

「鏡ヶ池！」

雅は激しく反応する。

そういえば、奥出雲には「元八重垣神社」があると地図に描かれていた。

〝これは！〟

というのも今日、雅は松江の八重垣神社の鏡の池で、縁結びの占いをしたばかりだった。池に占いの紙を浮かべて、早く沈めばすぐに良縁が訪れ、沈むのが遅ければ遅いほど縁遠いといわれている（しかも高確率で当たるという）占いだ。

ところが何ということか、バスの時間が迫って来ても雅の紙は全く沈む気配すらなく、その決定的瞬間を目にすることができずに、ここに向かったという経緯がある。

〝よしっ〟

ここは、リベンジだ！

「ぜひお願いします」

勢い込んで頼む雅を見て、

「ほんに構わんよ」源太の顔がほころんだ。「まず、どうするかな」

白い顎髭をボリボリと掻きながら源太は立ち上がると、大きな地図を一枚持って来て、テーブルの上に広げた。雲南市を中心とした、この辺り一帯の地図だった。

「今はここだから」と言って、亀嵩の近くを太い指で押さえる。「取りあえず、金屋《かなや》子《ご》神社から行ってみるかね。直接は素戔嗚さんや奇稲田姫さんに関係してるわけじゃないが、鉄関係だ」

「はい」雅は頷く。「金屋子神は、タタラの人たち全ての守り神ですものね。神仏習合した後に、三宝荒神《さんぽうこうじん》にもなった神ですから」

「さすがに、良く知っちょるの」源太は笑う。「神社のすぐ近くには『金屋子神話民俗館』もある。時間次第で寄ってみるかね」

「資料だけでも、手に入れたいです」

「明日は火曜日だから、大抵の博物館は開いちょるから『奥出雲たたらと刀剣館』や『絲原《いとはら》記念館』なんかも寄ってみっか」

「はい！　よろしくお願いしますっ」

雅は力強く頭を下げ、源太も「うん、うん」と頷く。

その後二人は、明日の朝食と出発時間を決めると（後ろ髪を引かれたけれどワインはそれくらいにして）一旦別れた。

雅は、ゆったりと温泉に浸かりながら、明日の予定を色々と思う。何となく『出雲国風土記』や素戔嗚尊にまつわる謎も解けそうな気がしてきた。

いや、きっと解ける。

そして「櫛」の謎も。

雅は部屋に戻って布団に入ると、心地良い酔いと疲れが出て、夢も見ずにぐっすりと眠った。

＊

石宮久美《いしみやくみ》は、どこをどう歩いたのか全く記憶がないまま家に辿り着くと水を一杯飲んで、冷や汗を拭う間もなく部屋に飛び込み、震える手で運命暦をめくった。

昭和五十一年（一九七六）生まれ、六白金星の今年の運勢は「休運」「波乱の相」。

久美は、食い入るようにそこに書かれた文字を追う。

「運気が低下しているので、無理をすると全て台無しになる。物事は停滞し、不振・困難が続く。特に今年は、本命殺《ほんめいさつ》と暗剣殺《あんけんさつ》が重なっているため、特に強い忍耐力が求められる。決して自暴自棄にならず、きちんと自制し――」

やはりダメだ。

余計なことをしてしまった。わざわざ斎木裕子を呼び出して、あんな話をするなんて。止めておくべきだった。

しかし、葛城《かつらぎ》先生のことを思うと、ああするしか方法はなかった。このままでは間違いなく、先生にまで危害が及ぶ。災厄が降りかかる。いや、もうすでに降りかかっている。このままでは、命さえも危ない……。

そう思うと、居ても立ってもいられず裕子を呼び出し、あの場で話をした。

事態は切迫している。

久美があそこで話をし、裕子が納得してくれたところで、もう既に手遅れなのかも知れない。だが、何もせず傍観していることはできない。ただ坐して指をくわえ、見守っていることなど、できやしない。自分にできることがあれば、少しでも、この状況を好転させたい。

それはおそらく、先生の周りの人間も同じ気持ちのはず。

ほんの僅《わず》かでも良い方向に風が吹けば、先生の病状も多少なりとも恢復《かいふく》するに違いない。そうなれば、先生のことだ。私たちが心配しなくとも「祐気《ゆうき》」を得て、復活される。みんなそれも分かっている。

だから私は、そのきっかけが欲しかっただけ。

それを裕子に理解して欲しかった。というより、それが一人の人間として、ごく当たり前の考えではないのか。そう思わない方が、不思議なくらいだ。

しかし、彼女はそうは考えなかった。

想像外の常識外れ。

故に私は彼女の吐いた言葉に我を忘れてしまい……。


夜空には綺麗な月がかかり、無数の星が輝いている。

その下を、涼しげな音を立てて流れる斐伊の渓流を眺めながら、久美は静かに口を開いた。今夜、これだけは言わなくてはならない。いや。これを言うために、この場所にいるのだから。

久美は、感情を必死に抑えながら告げた。

「あなたの考えは、根本から間違ってる。あなた自身も充分に分かっているはず」

その言葉に、

「ふん」

軽く鼻で嗤《わら》うと、裕子は足を止め、渓流近くの平らな岩に腰を下ろして、ハーフアップにした髪に挿したヘアコームに手をやりながら久美を見た。

「そんなことは、どうでも良いんです。私は最初から、そういった話に余り興味はなかったから。全然、現実的じゃないし」

「現実的だわ。これ以上ないくらい」

「私は、そう思いません」裕子は満天の星を見上げながら答えた。「単なる見解の相違かも知れないけど。でも、そう考えるのは自由でしょう」

「それなら、どうして私たちの所に来たの」

だって、と裕子は月明りの下で妖艶に微笑《ほほえ》んだ。

「この辺りだと、私が気になる男性が他にいなかったから」

えっ、と久美は息を呑む。

「あなた、まさか葛城先生のことを――」

「いけませんか？」裕子は、キョトンとした顔で久美を見た。「私が勝手に憧れているだけなんだから、何も問題はないでしょう」

「自分が何を言っているのか、分かってるの」

「もちろん」裕子は大袈裟に肩を竦《すく》めた。「もう、二十七歳ですし」

「じゃあ、分別がついているでしょう！」

「しっかり、ついてますよ。色々と経験したし、この川のように紆余曲折・有為転変がありました」

「人の話を真面目に聞きなさい」

「聞いてますよ。でも私の方こそ、こんな時間に呼び出されて、いい迷惑です。あっ」

裕子は口元を歪《ゆが》めて嗤うと、今初めて気づいたような口ぶりで久美に言った。

「もしかして石宮さん、あなたは葛城先生を？」

「え……」

「でもまあ、お互いに独身ですし──」

「じ、自分がそんなことを考えているからって、他人も同じだなんて思わないでちょうだい」

「何ですか、その言い方」

「これでも、ずいぶん丁寧に言っているつもりよ」

「ちょっと年上だからって偉そうに。だから、いつまで経っても葛城先生との仲が発展しないんです。そんな大層なことじゃない──」

その言葉が耳に届くか届かないかで、久美の我慢は限界に達していた。無意識のうちに、両手が裕子の体を思いきり突き飛ばした。

穢《けが》らわしい。あっちに行け！

「あっ」

虚を突かれた裕子は、大きく後ろに仰《の》け反《ぞ》り、あわてて岩に手をついて体を支えようとしたが、つるりと滑った。

裕子の体は仰向けのまま勢いよく岩の上に倒れ、
ゴン……。

鈍い音が久美の耳に響き、裕子の頭が岩の上でバウンドした。

ハッと我に返った久美の目には、体を痙攣《けいれん》させた裕子の姿が飛び込んできた——。


〝ああっ〟

久美は肩を震わせる。

何ということをしてしまったのだろう。いくら事故だったと主張しても、信じてもらえるだろうか？

でも、念のために警察に連絡するべきか。

いや、ただ面倒なことに巻き込まれてしまうだけだ。

全ては裕子が悪いのだ。

そして、それ以上に悪いのは自分……。

久美は再び両手に顔を埋めると、激しく慟哭《どうこく》した。

＊

朝食を終えた雅が宿泊代を精算し終わると、源太が民宿の入り口で待っていた。

「すんませんねえ」おかみさんが謝る。「うちの人の趣味につき合わせてしまって」

「いえいえ！」雅は首を振る。「とっても感謝してます。どうしようかって悩んでいたんで、お忙しいところ、私の方こそ申し訳ないです」

「お世辞でもそう言ってもらえたら、嬉しいわあ」

「お世辞じゃないです。本当です」

「またこっちに来たら、寄ってくださいな」

ニコニコと笑うおかみさんに、

「はいっ。もちろん」

雅は答えて源太の車に乗り込むと、荷物を後部座席に押し込める。こうやって身軽に移動できるだけでも、ありがたい。

「じゃあ、行ってくうよ」

源太が窓越しに言うと、おかみさんは手を振って見送ってくれた。車が民宿を後にして走り出すと、源太は助手席の雅に言う。

「ちっとばかしお尻が痛くなるかも知れんけど、ここらへんを走り回るにゃあ、軽は便利だよ。古いけど一応四駆だし、どんな道だって走れる。普通のタクシーが行けんような壊れかけた危なっかしい小さな橋や、ガタガタの狭い踏切だって脱輪スレスレで渡れるからね」

「あ、ありがとうございます」

雅は、引きつった顔で微笑みながら、ペコリと頭を下げる。

おかみさんにも言ったが、本当に助かった。今朝も地図で確認してみたけど、この辺りを電車やバスだけで移動するのとでは比較にならない。

「じゃあ、最初は金屋子神社でいいかね」

確認する源太に「お願いします」と答えると、源太は自分の携帯をチラリと覗き込んで変なことを口にした。

「もちろん、今日は最後までつき合ってあげるつもりだども、ひょっとしたら途中で警察から何か言ってくるかも知れんで、そん時は勘弁してな」

「警察から？」

ああ、と源太は頷くと、昨日の事件を伝える。民宿で出そうと思ったヤマメを釣りに行ったら、知り合いの女性の遺体を発見してしまった。

「遺体ですか！」

一昨日、自分が体験した出来事を思い出して、思わず飛び上がってしまった雅に、源太は言う。その彼女は斎木裕子という女性で、亀嵩の近くに住んでいて――。

「それで、なんやかんやゴタゴタがあって、あんたにヤマメを食べてもらえなくなっちまったってわけさ。それに絡んで、もう一度、警察署で色々と訊かれるらしいよ」

「すみません、そんなお忙しいところを」

「いや。木次まで来てくれって言われてるから、ちょうど良いんだ」

髭面で笑う源太に、雅は尋ねる。

「でも、それって、どんな状況だったんですか？　釣り場に行ったら、その女の人が倒れていたの？」

「いや、ちげーよ」源太は首を横に振る。「川の上流から、櫛が流れてきてさ。それがまた、裕子ちゃんがいつも髪に挿してたのと同じような櫛だったから、おっかしいなあと思ったんだども、その後で釣り場へ行ったらさ――」

櫛！

しかもそれが、川の上流から流れてきた……。

複雑な気持ちで源太の横顔を眺めていると、車は大きな石鳥居をくぐって金屋子神社に到着した。

「今の石鳥居は、日本一の高さらしいよ。九メートル以上あるっていうから」

「そうでしょうね……」

全国千二百社を超えるといわれている「金屋子神社」の総本山なんだから。

車の中から振り返る雅に、源太は言った。

「さあ、着いた。わしはここで待っとるから、行っといで」

はい、と答えて雅は車を降りる。

真っ直ぐに歩いて行くと右手に池があり、中央付近に小さな祠《ほこら》が鎮座していた。

その祠まで、池の上を狭い道が一直線に延びている。市杵嶋姫や弁才天が祀られているのと、同じパターンだ。神社の名称は「金儲《かねもうけ》神社」。予想通りに白蛇が祀られていて、信仰すると金運が上昇するらしい。

その向かい側、雅の左手には、この近所で得られたという、何トンもありそうな大きな鉄滓《かなくそ》や鉧《けら》が置かれていた。ここから純度の高い鉄が精製されると考えれば、まさに「金儲神社」の霊験あらたか。いきなりその迫力に気圧されつつ、雅は五十段ほど石段を上って本殿へと向かった。

金屋子神社の主祭神は、金山彦命《かなやまひこ》と金山媛命《かなやまひめ》。この二神が「金屋子神」と呼ばれていて、タタラ製鉄に従事していた人々の守護神。

播磨《はりま》国で鉄を造っていた神が、白鷺《しらさぎ》に乗って舞い降り、人々に製鉄技術を伝えた。それ以来、この地では鉄が湧くように造られていった。まさに先ほどの「金儲神社」の「金運上昇」だ。そのために、人々からの信仰も厚く、各地から大勢の村下《むらげ》たちが、裸足で峠を越えて参拝したという。

本殿の参拝を終えると雅は、近くの「金屋子神話民俗館」に寄って資料を入手した。水曜日が休館日とあったから、源太の言うように今日が火曜日でラッキーだった。時間があれば、ゆっくり中を見学したいけれど、ちょっと無理なので諦めた。

再び源太の車に乗り込むと、伊賀多気神社へ向かってもらう。

一旦、亀嵩へと戻り、そこから横田へ移動するらしい。

雅が助手席で金屋子神について書かれた資料に目を通していると、源太が言った。

「金屋子さんには、変な言い伝えがあるね」

「たとえば？」

「女の人が嫌いだとか、藤は好きだけど麻は嫌いだとか、人間の死体が好きだとか。これは、どうしてなんだらーね」

「その言い伝えは、以前に私も耳にしたことがあります。確かその理由は——」

雅は、学生時代の記憶をたぐり寄せながら答えた。

「女性はもともと穢れているから嫌いだとか……。金屋子神が天降りされた時、麻を伝って降りて来たけど、それが切れてしまって藤につかまって助かったとか……。死体を『高殿《たかどの》』に掛けておくと、鉄が良くできるからとか……」

でもよ、と源太は言う。

「この間のテレビの番組でも、神様は穢れを嫌うで、女の人は嫌いって言っとったよ。だもん、女の人が穢れちょるって話は、仏教が入ってきてからだろ。それまでは、山の神様は女だったし、今だって神社には巫女さんっていう女性がいるだろ。変じゃねーかね」

「そう……ですね」

言葉に詰まる雅に、源太は畳みかけてくる。

「麻とか藤だっておかしいよ。神様なんだから、そんなもんなくたって、天降りの一つや二つできだーら。あと、死体を掛けておくと、どーして鉄ができるんだ？　それこそ迷信じゃねーのか？」

「え、ええ……」授業で教わったその先を全く考えていなかった雅は、俯きながら答えた。「確かに、おっしゃる通りです……。ちなみに、その先生には訊かれなかったんですか？」

「訊いたけどさ、実に単純な話ですって笑っとった。でもそこから話が飛んじまって、答えを聞きそこなったから、あんたに訊いたんさ」

「すみません」雅は素直に謝った。「改めて、きちんと考えてみます」

それにしても。

〝その、教授みたいな人って誰？〟

さっきから話を聞いていると、何となく水野を彷彿《ほうふつ》とさせる。でも、外見は全く違うようだ。何者なんだろう……。

それとさ、と源太は続ける。

「ここから西へ行った石見《いわみ》銀山《ぎんざん》にはさ」ハンドルを握りながら源太が言った。「佐毘《さひ》売山《めやま》神社ちゅう古い社があって、もともとの祭神は、金屋子神だったといわれちょるんだよ」

「佐毘売山神社……」

ああ、と源太は頷いた。

「『サ』とか『ヒ』ってのは、鉄の古語なんだろ。そのまんまだね。この『斐伊川』も『サヒ川』だったたってさ」

その話は、雅も聞いている。

斐伊川で昔、砂鉄が採れたことは有名だ。だから八岐大蛇を形容する「悉《ことごと》に常に血に爛《ただ》れたり」という描写は、斐伊川の赤さを表しているのだともいう。

「あと、わしはよく分からんけど、斐伊川に関しては『比櫛《ひしつ》』がどうたらこうたらって話を聞いたよ」

「ひしつ？」

「比べる櫛、って書くらしいけどさ」

またしても、櫛！

「斐伊川のどこが、櫛なんですかっ」

「さあ。全く分からんね」と言って、源太はチラリと雅を見た。「どうしたね。『櫛』で、そぎゃん驚いた顔して」

「ええ」

と答えて雅は「櫛」の謎も追っていることを告げた。

数多くの神や神社や地名などの名称に冠せられている「櫛」は、別れの印。といっても、まさかそれら全ての神々に別れを告げたいとか、黄泉国送りにしてしまいたいということもないだろうし、むしろ人々の信仰厚い神ばかり。

しかも、

「櫛って、別れの印なんです」雅は、松江の事件を思い出しながら言う。「だから、誰かがわざとその方《かた》の櫛を川に流したのかも」

雅は、黄泉比良坂の近くで自分が巻き込まれてしまった事件を伝えた。すると源太は、驚いて雅の顔を見る。

「あん事件かね！　あんたも遺体を発見したんか」

「あんたも、って言うと？」

キョトンとした顔で尋ねる雅に向かって源太は、松江の事件で一人目の遺体を発見したのは、自分の弟だったと告げた。その後、雅が二人目の遺体を発見した——。

「そうだったんですか！」

息を呑む雅に、

「こりゃあ、不思議なご縁だねえ」源太は溜息を吐いた。「びっくりしたわ」

「はい！」

しかし、と源太はチラリと雅を見る。

「あんたたちは、櫛だの何だのって、そういった一見どうでも良さそうなことまで研究するんか」

「私は、全部関係していると思ってるんです」

「素戔嗚さんや奇稲田姫さんたちと、櫛が？」

「名前にある以上……多分」

「じゃあ、どうゆう風に？」

「そこまでは、まだ……」

俯く雅に、源太は言う。

「確かにわしも、伊弉諾さんが黄泉国から逃げ帰る途中で、自分を追いかけてきた鬼に向かって櫛を投げたら、それが筍《たけのこ》に変わって時間稼ぎができたっちゅう話は聞いたが」

「お詳しいですね」

「それも、何とかちゅう先生に教わったんさ」

「そうなんですか……」

「ああ」

源太が白い顎髭を撫でながら微笑んだ時、車は伊賀多気神社の石鳥居をくぐった。

そのまま直進すると、目の前に長い石段が見える。奥出雲の神社は、どれも必ず延々と続く石段が用意されているのか？

雅が車を降りて境内へ向かうと、地元のボランティアらしき人たちが数人、竹箒《たけぼうき》を手に掃除をしていた。朝早くから大変だが、確かにここも神職の姿が見えない。

太い注連縄《しめなわ》の掛かっている拝殿まで進み、雅はお参りする。

伊賀多気神社は『出雲国風土記』仁多郡の条に載っている。

主祭神は素戔嗚尊と、その御子神である五十猛命。相殿には大己貴命と、第十六代天皇の仁徳天皇である大鷦鷯《おおさざき》命と、なぜか、素戔嗚尊と天照大神との間の御子神で「八王子」の一柱の、熊野櫲樟《くすび》日命。

〃どうして、いきなり仁徳天皇と熊野櫲樟日命？〃

この辺りの理由に関しても、改めて調べてみなくては。

雅は、

〃よろしくお願いします〃

心を込めて参拝すると、再び車に乗り込み、次の鬼神神社へと向かう。

こちらは、いかにも恐ろしそうな名称だ。祭神はやはり、素戔嗚尊と五十猛命。奥出雲は、全て彼らの土地なのか……。

神社に到着すると、社号標には「五十猛尊　御陵地」と刻まれていた。そのすぐ横に立っている説明板を読めば、

「スサノオの埴船《はにふね》が岩化した岩船大明神」

と書かれている。その近くには、高さが雅の身長を超える小山のような巨岩が置かれ、丁寧に注連縄まで巻かれていた。周囲も十メートル近くあるに違いない。

その形は確かに、船が地面に突き刺さったようにも見える。

雅は、その岩の説明を読む。

「スサノオとイソタケルが新羅《しらぎ》の国から埴船（土でつくった船）に乗って船通山を越え、ここに降り立ちました。この『岩船大明神』は、その時の埴船が岩に化したもので、地上に出ているのは二メートル程ですが、地下は数メートルにおよび、誰一人と

して動かすことはできないといわれています。

また、ここ鬼神神社の裏山には、イソタケルの御陵墓とされる墳墓があり、『御陵さん』と地元の人は呼んでいます。

かつてここでは火の玉が多くみられ、それは、御陵さんに舞い降りては船通山に飛んでいったといいます。地元民は、ヤマタノオロチの怨霊『龍燈《りゅうとう》（頭）』と考え恐れました。これを鎮めるためにはじまったとする『龍燈（頭）祭』が今なお続けられています」

と書かれていた。

それを読んだ雅は、ふと思う。

その「火の玉」は、本当に「ヤマタノオロチの怨霊」だったのだろうか。もしかして、素戔嗚尊や五十猛命の怨霊だったのではないか？

なぜなら、ここは「鬼神」神社。

八岐大蛇が「鬼」や「神」になったという話は聞いたことがないし、それこそ水野の話によれば、素戔嗚尊こそは「貴神＝鬼神」だというのだから。

社前に置かれている「埴船」もそうだ。これだって、もしかすると「船」などではなく、素戔嗚尊自身を表しているのかも知れない。というのも、殺害することを指して「石にする」と言うから。あるいは、殺害した相手の遺体を埋めた場所の上に石を置くという風習もあった。これは、地中の霊魂が地上に出て来ないようにするためだ。そうなるとここは、素戔嗚尊の怨霊を祀っているとも思える。

また、五十猛命の墓が裏山にあることを考えれば、足を運びづらい墓を拝むために、巨岩や巨石を置いて、遠くの墓を拝む「参り墓」という風習もある。とすればこの巨岩は、五十猛命の御陵を拝むための「参り墓」なのかも知れない。

雅は、三本の縄をより合わせて造られている、珍しい注連縄の掛けられた鳥居をくぐった。その注連縄は、まさに三匹の蛇か龍が、しっかりと絡み合っている姿のように見えた。

参拝を終えた雅が車に戻り、今思ったことを源太に告げると、

「ほんに、そういうことかも知れんね」車を出しながら、源太は大きく頷いた。「さすがだね。やっぱり優秀な学生さんは、言うことがちげーよ」

「いえ！　私はちっとも優秀じゃなくって――」

「そういえばさ、これも聞いた話なんだけど、素戔嗚さんとか五十猛さんっていって

も、それぞれたった一人の神様を指してるわけじゃないんだって？」

ええ、と雅は答える。

昨日見てきた和泉式部もそうだし、小野小町《おののこまち》も日本全国に、いくつも墓が現存している。しかし、有名人だからといって誰もが勝手に墓を造ってしまったというわけはなく、実際に「和泉式部」や「小野小町」がそこに存在していたのだろう。

歴史に現れなかった血縁者や、彼女たちと非常に近しい者たちという意味だ。その女性たちが「和泉式部」や「小野小町」と名乗ったとしても、何の不思議もない。

それと同様に、素戔嗚尊や五十猛命も（もちろん、最初は一人だったとしても）いつしか個人の名称ではなく、その一族の神々をも含むようになったと考えて間違いない。いや、むしろその方が正しいのではないか——。

雅の話を聞いて、

「そりゃあ」と源太は納得したように言う。「歌舞伎役者なんかが、何代目誰それって名乗るのと一緒だな。八代目団十郎《だんじゆうろう》とか、六代目菊五郎《きくごろう》なんてのは、よく聞くよ」

雅は頷く。そして、その昔、浦島太郎のように何百年も生きた人間がいたというのも、そんなことなのかも知れないと思った。

「いやあ」源太は、辺りの景色と腕時計を見比べながら、「こりゃあ、なかなか良いペースだよ。最初は、次の稲田神社でお昼かなと思ったけど、もっと行けそうだね」

「じゃあ、そうしてください」

「でも稲田神社には、美味しい手打ち蕎麦の店があるけど、どうする？」

「……パスして先へ」

うん、と源太は首を縦に振った。

「じゃあ、少し遅い昼食を適当な場所で食うかね。道の駅なんかもあるし」

「そうお願いできますか。実を言うと私、昼食には余り興味がないんで」

「わしも車だから、昼からビールを飲むという良き習慣を守れない。つまらんから、そうしようかね」

そう答えて源太は、アクセルを踏み込んだ。


稲田神社に到着すると雅は、鳥居をくぐって広々とした境内に入る。祭神はもちろん奇稲田姫だが、珍しいことに単独で祀られていた。拝殿の前に立って奥を覗き込めば、正面に飾られた神鏡の横には奇稲田姫の像が、上部の鴨居には姫が描かれた絵が飾られている。

ただ、ここの神社は雅の予想以上に新しく、創建は江戸時代だという。

〝それなのに、起源は不詳？〟

ということは、それ以前にも何らかの小さな社、あるいは祠のような物があったのかも知れない。何しろ境内には、奇稲田姫が産湯を使ったという「産湯の池」が現在も残っているのだから、その歴史は古いはず。

そして、例によって神職はおらず「二重亀甲に姫」という珍しい神紋を眺めながら雅が戻って来ると、左手に「姫のそば　ゆかり庵」と書かれた看板が立っている民家風の建物があった。源太が言っていた、手打ち蕎麦の店だ。

店の前に立って中を覗き込めば、社務所を改造したようで、その中で食事ができるらしい。緑の庭を眺めながら、蕎麦を食べられるということで、木々の手前には素戔嗚尊と奇稲田姫の像が建っていた。

でも、素戔嗚尊は格好良いのに、奇稲田姫はまるで「おかめ」か「おたふく」のような顔をしている。雅の中では、松江の八重垣神社の壁画に描かれた上品な美女のイメージなので、これはちょっと可哀想では？

しかし、店の食材は全て地元産で、蕎麦も自社栽培で「石臼挽き手打ち十割そば」というのが凄く気を引かれる！

いや。今はダメ。

ここでのんびりと幸せな時間を過ごす余裕はない。次に向かわなくては。それこそ「櫛」の謎も解かなくちゃ。

酷く後ろ髪を引かれながらも、心を鬼にして雅はその場を立ち去る。

次は「奥出雲たたらと刀剣館」だ。源太の車で到着すると、昨日の月曜日だったら休館だった。とってもラッキー。

ここは、現在唯一操業を続けている、日本美術刀剣保存協会の踏鞴製鉄所——いわゆる「日刀保《にっとうほ》たたら」と、そこで生産される和鉄鋼、玉鋼を用いて造られる日本刀に関する展示などがある博物館だ。

銀色に輝く「ヤマタノオロチ」の現代的なモニュメントに迎えられながら中を覗いてみると、実物大の踏鞴炉が展示されているとあったので、雅は一旦車に戻って源太に相談した。

すると、

「こっちはまだ大丈夫だけん、ゆっくり見てきちょったらいいよ」

と言ってくれたので、雅は館内に入ることにした。

中ではまず、元松江藩鉄師頭取の絲原家を始めとする「出雲三大鉄師」などの説明があったが、雅はまず、踏鞴製鉄が大正時代まで、実際に行われていた事実に驚いた。しかも江戸時代には、全国の約三十パーセントにも及ぶ「鉄」が、ここ奥出雲で生産されていたという。

壁に貼られた地図を眺めれば、無数の踏鞴関係の施設が記されている。これだけを見ても、奥出雲はまさに「鉄」の町で、踏鞴一色だ。現在では「鉄の道」や「たたらの歴史街道」などという観光コースができているという。

それらの展示物を眺めながら、雅は足早に館内をまわったが、やはり最も圧倒されたのは「実物大踏鞴炉」だった。何しろ、地下構造の切断面まで見ることができる。

安来の「和鋼博物館」で、雅が実際に乗って漕いで汗だくになった大きな天秤鞴二台に挟まれた炉と、炭や砂鉄の蓄積場所のある建物の「高殿」だけでも巨大なのに、その地下には、炉を設置するための「本床《ほんどこ》」や、炉を保温するための「小舟《こぶね》」と呼ばれる空間がある。その地下部分だけでも、深さは三メートルを超えているだろう。

踏鞴製鉄従事者は、この空間の中で三日三晩を、ほぼ徹夜で過ごす。想像を絶するような労力を必要とする仕事だ。やはりこうやって実際に目にしてみると、その苛酷さが実感できる。

但し、ここまで苦労したからといって、百パーセント必ず良質の鉄が生成されるかといえば、全くその保証はない。全ての努力が無駄になってしまう可能性だって常にある。そうであれば、やはり金屋子神に願うのも当然だ。人事を尽くしたら、後は神頼みしか方法はない。当時の人々も、全身全霊で真剣に祈ったろう……。

雅はその場を後にすると、足早に館内を歩く。

その他にも、踏鞴製鉄に関する道具や器具が展示され、「踏吹子《ふみふいご》」の前には、

「地団駄を踏む」

地踏鞴《たたら》では二人で呼吸を合わせて踏吹子を踏み、風を送ります。息を合わせないと送風できませんよ。イライラして、「地団駄《じたんだ》」を踏まないで。


などと書かれ「地団駄を踏む」という言葉の語源は「地踏鞴」にあると説明されていた。

また、番子《ばんこ》の所には、

「かわりばんこ」

吹子を踏む人を「番子」といいます。

番子の仕事は三日三晩風を送り続けるという重労働でした。交代で作業を続けたこ

とから「かわりばんこ」の語源となりました。


と書かれていた。

これらの語源に関しては諸説あるようだけれど、雅は個人的にこれで正しいのではないかと思っている。

語り継がれて行く中で、その他の色々な言葉と交錯してしまったとしても、実際に「タタラ」を語源とする言葉はかなり多いはずだ。出雲にやって来て、更にそんな思いが強まった。今まで雅が想像していた以上に「タタラ」が往時の人々の生活の、あらゆる場面に影響を及ぼしていたことは間違いない。

まだ完全に謎が解けたわけではないが、あの「案山子」だってそうだ。どの辞書を見ても載っていないけど、間違いなく「タタラ」に関係している。

雅は更に足を速めて館内を一周すると、資料を入手して車に戻った。そして折角なので、近くの「絲原《いとはら》記念館」もまわってもらうことにした。こちらは年中無休らしいので、安心して行かれる。といっても、時間の都合上、資料を入手するだけ。

絲原記念館は、この近辺の山林地主だった絲原家伝来の美術工芸品や民俗資料、そして踏鞴製鉄の用具などを展示している博物館だ。大正十二年（一九二三）まで、実際に踏鞴製鉄を行っていたとある。また、現在も当主家族が、隣接している広大な庭園のある家に暮らしている。
そこで入手した資料を、雅は車の中で読む。

「鐵《てつ》。
鉄の旧字体を解字すると『金《かね》の王《おう》なる哉《かな》』となり、古代においては『鉄は金・銀・銅に勝る』とされた」

これも水野の講義で教わった。鉄の器具を考案した古代ヒッタイト王国では、鉄は金の八倍、銀の四十倍もの価値があったという。それはわが国でも同様で、奈良時代に鉄は、現在の三十倍近くの高値で売買されていたらしい。
また、その他の資料には、八岐大蛇と斐伊川に関する話が書かれていた。要約すると、こんな感じだ。

「わが国の踏鞴製鉄は、五、六世紀に大陸から伝承し、七、八世紀に盛んになった。これはまさしく記紀神話の成立年代と重なっている。そのために一部の民俗学者たちは、踏鞴製鉄と素戔嗚尊の八岐大蛇退治の話をリンクさせた。

つまり、踏鞴炉の炎は真っ赤な大蛇の目であり、そこから流れ出る鉄滓は大蛇の爛れた腹、そして斐伊川の濁流や氾濫は、山を崩して土砂を流出させて砂鉄を採る鉄穴《かんな》流しによるものだと考えた。

しかし、鉄穴流しの手法は、もっと時代が下った戦国時代であるし、古代の踏鞴炉は八岐大蛇を連想させるほど大きな物ではなかった。炉が巨大になったのは、かなり後世のことである——」


なるほど、と雅は納得する。

奥出雲の人たちの間では、斐伊川こそが八岐大蛇だという説も存在しているし、先ほどの鬼神神社でもそうだったが、疫病の流行や斐伊川の氾濫を、オロチの祟りだとして祭りを執り行ったりもしている。古代ロマンと考えれば、それはそれで良いのかも知れない。雅が口を挟むような問題ではない。

でも今は、本当のことが知りたい。

「出雲」について、「素戔嗚尊」と「八岐大蛇」について。そして「櫛」に関して。

だが、説明文の最後には、こうあった。

「スサノオがオロチを退治し、尾から取り出し、姉のアマテラスに献上した〝草薙の剣〟（三種の神器）は銅剣といわれています。この地の先住民である出雲族（オロチ）は銅器を使用していたということです。

これを大和朝廷の先兵（スサノオ）が先進のすぐれた鉄の武器を用いて退治し、出雲族を平定したと考えるならば、これがたたら製鉄の重要なポイントとなったといえるでしょう。

＊スサノオと父のイザナギが用いた十握剣（トツカノツルギ）は鉄剣といわれる」

そういうことだ。

八岐大蛇退治伝説は、明らかに素戔嗚尊による出雲族の退治。そこまでは雅も考えていた。しかしこうやって足を運んでみると、出雲では素戔嗚尊や奇稲田姫、そして御子神の五十猛命をあらゆる場所で丁寧に祀っている。

〝どういうこと？〟

眉根を寄せながら、雅は資料を閉じた。そして、

「次へ行くかね？」

という源太の言葉に「はい、お願いします」と答えると、

「おう。三澤神社だね」源太は大きくハンドルを切る。「そっから、八重垣神社と鏡ヶ池にまわろうか」

そうだ！

その点も、とっても重要。

急に雅の胸が、ドキドキし始める。

そこにもやはり、水占いがあるんだろうか？

でも、今までまわってきた神社には、一人の神職もいなかったではないか。果たしてそこは、大丈夫なんだろうか。

もしも誰もいなくて、占いができなかったりしたら……。

ううん。今から弱気になっていてはいけない。

そこで雅は、

「はいっ。そのように」

自分を鼓舞するように、源太の横顔に向かって強く一礼した。

《鼬《いたち》鼠雲》

一旦、松江の県警本部に戻った藤平は、松原がまとめた報告書に目を通していた。やはりと言うか、当初から藤平が抱いていた印象通り、被害者の斎木裕子の地元での評判は、芳しくないようだった。いや。むしろ嫌われていたと言った方が正確かも知れない。

岡山の大学を中退して、会社や商店、それに温泉旅館などに勤めては、また職を転々としていたが、数年前に両親を亡くしてから不動産収入を一人で受け継いで、それ以来、仕事に就いていない。国内外の旅行三昧の日々という、悠々自適の生活を送っていたようだ。

そうなれば当然、周りの人たちからの羨望や妬《ねた》み嫉《そね》みを受け、その結果として地元とのつき合いが疎遠になるのも当然の帰結だ。唯一の例外が、磯山夫婦で、特に源太の妻・幸代《さちよ》とは仲が良かったようだ。彼ら以外で、裕子に関して好意的な人間は一人もいなかった。

〝仕方のない話か……〟

藤平が渋い顔で顎を捻っていると、

「警部！」と松原が、真剣な顔つきで飛び込んできた。「雲南署から連絡が」

「どうした？」

「斎木裕子の件で、女性が自首してきたとのことですっ」

「何だと。誰だ」

「出雲横田に住む、石宮久美という三十二歳の女性で、自分が斎木裕子を岩の上に突き飛ばしたと」

「身柄は、もちろん確保してあるな」

「そのまま雲南署に」

「よし」藤平は大きく頷いた。「行こう！」

藤平と松原は部屋を飛び出し、駐車場へと向かった。

雲南署に到着すると、二人は署の刑事の案内で狭い取調室に通される。そこにはポツンと置かれた机の前に女性が一人、体を硬くして俯いたまま座っていた。

藤平たちが名前を問うと、

「石宮久美です……」

女性は、震える声で藤平たちを見た。

長い黒髪、目鼻立ちの整った丸顔で、その目元が潤んでいた。

久美は現在、自分の地元、出雲横田の博物館の学芸員を務めていると言った。

それで、と藤平が確認する。

「あなたが斎木裕子さんを突き飛ばし、その結果、裕子さんは岩に頭を打ちつけてしまったというわけですね」

はい、と答えた後、

「でも！　殺そうと思ったわけじゃありません」久美は訴える。「思わず、カッとなってしまって。というのも彼女が——いえ、私も悪かったんです。でも——」

「落ち着いてください」藤平は静かに言った。「ゆっくりお話を聞きましょう。あなたはその時、裕子さんが岩に頭を打って昏倒《こんとう》したところまでは、目視《もくし》されましたか？」

「はい」久美は下を向いたまま認めた。「それで私、急に恐くなって、彼女をそのままにして逃げ帰って来てしまったんです。そうしたらニュースで、彼女が亡くなったと……だからもう、どうして良いか……誰に何を言えば良いのかも分からなくなってしまって……」

両手に顔を埋めて慟哭する姿を見て、藤平と松原は視線を交わす。藤平がゆっくり頷くのを見て、今度は松原が手帳を開きながら尋ねた。

「何点か確認させていただきたい」

「はい」

「あなたと被害者とは、どのような関係だったんでしょうか。ご友人？」

「いいえ」久美は、弱々しく首を横に振った。「友だち……というような間柄ではありませんでした。仕事上のおつき合いも、全くありませんでしたし、単なる顔見知りです」

「我々が調べたところによると、確かに被害者は、地元ではお友だちも少なかったようです。では、どうしてお知り合いになられたんですか。同じ学校の卒業生とか？」

「いえ、違います」

「では、どこで？」

「三成《みなり》にいらっしゃる、葛城徹《とおる》先生のセミナーで」

「出雲三成——亀嵩の隣の駅ですね」

「ええ」

「その、セミナーというと？」

「四柱推命《しちゆうすいめい》と九星気学《きゆうせいきがく》をもとにした、先生独自の教室です」

「その方は、占い師さんですか」

「違います」久美は顔を上げた。「単なる占いではありません。あくまでも、陰陽五《いんようご》行説《ぎようせつ》を基にした学問です」

「たとえば、結婚式は大安《たいあん》の日が良いとか、なるべく仏滅《ぶつめつ》は避けた方が良いというような？」

「それは」と、今度は強く首を横に振った。「六曜《ろくよう》、あるいは六曜《りくよう》で、迷信の最たるものです」

「迷信ですか」

「六曜は、その起源に関しても未だに良く分かっていませんし、ただ単に江戸時代に流行した、いわゆる『おばけ暦《ごよみ》』です。四柱推命や九星気学——方位《ほうい》学とは、全く別物です」

「とおっしゃると？」

はい、と言って久美は一度深呼吸した。

「私たちの世界は『陰陽』そして『木火土金水《もくかどごんすい》』の五行で成り立っています。たとえば、男性と女性、太陽と月、天と地、吉と凶、善と悪、表と裏、動と静など、全てが陽と陰です。そこに、やはり古代中国で生まれた自然哲学の五行説が加わったものが『陰陽五行説』です。この五行の『木火土金水』は、季節で言えば『春・夏・土用・秋・冬』となり、これらは、運命学はもちろん、漢方などにも応用されています。特に平安時代の陰陽師《おんみようじ》・安倍晴明《あべのせいめい》などは――」

「いや。そういった説明は、また後ほどで」松原は手を挙げて、久美の言葉を制した。「あなたと裕子さんは、その葛城さんとおっしゃる方の教室でお知り合いになられた？」

「私はずっと先生のセミナーを受けていますので、毎週のように伺っています。そこに裕子さんも何度か参加されて……」

「占い教室――いや、四柱推命教室に」

「はい」

「それが今回の事件と、どう関係していると？」

「葛城先生のもとで学んでいながら、斎木さんは、けっしてやってはいけないことをしてしまったんです」

「とおっしゃると？」

「彼女は昭和五十六年（一九八一）生まれの一白水星《いつぱくすいせい》。つまり今年は、九星《きゆうせい》の方位盤の中央に位置している『八方塞《はつぽうふさ》がり』の年です」

「方位盤……」

「星が中央に一つ、その周囲の、北・北東・東・南東・南・南西・西・北西に、四十五度ずつの角度で八つの星が取り囲んでいる、正八角形の図——方位盤をご覧になったことは？」

「何となく、どこかで見たような気がしますな」

それは、祭りの夜店で占い師の女性が広げていた絵だったか、それともテレビでやはり占い師が指し示していた図だったか。どちらにしても藤平の頭の中に浮かんだのは「占い」の場面だった。

だがそれは口に出さず、

「八方塞がりというと」と尋ねた。「つまり、何をやってもダメな年回りということですか」

「それは、俗説です。私たち的には、八方が塞がっているので、自分の運気が外に出ない。つまり、良いことも悪いことも倍になって自分に跳ね返ってくる年です。そして同時に、どの方角に出ても不吉」

「ほう……」

「ちなみに、この八方塞がりは九年に一度、誰にでも回ってくる年運なので、このこと自体は仕方ないし、それほど恐れることではありません」

「では、問題ないんじゃないですか？」

「ところが彼女は、南に旅行しました」

「オーストラリアに、ですね」

「ご存じでしたか」

「昨日、磯山さんから伺いました」

そうですか、と久美は苦笑する。

「しかも彼女は、一ヵ月も出かけてしまった。これはもう、二度と取り返しのつかない事態です」

「八方塞がりを破ったことが？」

「八方塞がりを破ることはできません。犯すだけです。でもそれだけではない」

「と言うと？」

「五黄殺《ごおうさつ》です」

五黄殺　歳破
五黄
一白
南
東
西
北
九紫
七赤
三碧
二黒
四緑
八白
六白
暗剣殺
太歳神
月徳
歳徳合
天道
人道
白虎
天道
大将軍
大金神
姫金神
歳刑神
黄幡神
生気
大陰神
豹尾神

平成二十年戊子歳方位

「五黄殺？」

「今年の五黄土星《ごおうどせい》の位置している方位で『殺伐の気は激烈、いかなる吉神をも撃破する』という大凶方です。ゆえに、移転・移住は厳禁なんです。もちろん、旅行も最大限慎まなくてはならない」

「それは大変ですな」

「でも、それだけではありません」

「え？」

「五黄殺で旅行してしまうと、帰りは必ず暗剣殺になります。何故なら、この二つの方位は常に、互いに向き合って位置しているからです」

「暗剣殺、ね」

「こちらはご存じでしょう。有名ですから」

「ええ。昔に祖母が、そんな話をしていたような記憶がありますよ。定かではありませんがね」

「暗剣殺は五黄殺より更に恐ろしい、決して足を運んではいけない方角です。『これをもし犯せば、戸主は死に、家門滅亡に至る』といわれています。しかも、いつどこでどのように、どんな禍が降りかかるか予測すらできない。まさに『真っ暗闇の夜に、いきなり剣で斬りつけられる』という、殺気に満ち溢れた方位です」

「なるほど、それで『暗剣殺』というわけですな。そして、その恐ろしい方位を、斎木裕子さんは犯してしまったということですか」

「しかも、海外へ行った。これらの方位を取る場合、その距離と日数が重要になります。吉方へ長く行けば、その祐気《ゆうき》を多く得ることができ、その反対に凶方へ長く行けば、悪気《あっき》の質や量もそれに比例する」

「ほう」

「先だっても、海外で突然の事故に巻き込まれて亡くなった日本人グループのニュースが流れていましたが、やはり暗剣殺でした。方位を知らなかったのでしょう。お可哀想に……。しかし裕子さんの場合は、更に恐ろしい」

「それは？」

「彼女が、これらのことを知っていたにもかかわらず、凶方を犯したということです。知らないで行っても命に関わることなのに、知っていて行った」

「裕子さんは、どうしてそんなことをしてしまったんでしょうかね」

「知り合いからツアーチケットを、とても安く譲り受けたと言っていました。でも半額、いえ無償であげると言われても、決して受け取ってはいけなかったんです。知っていて凶方を犯すことは、罪が倍加されます。というのも、自分はそれらの神を恐れていないということを公言する、非常に不敬な行為だからです。ああ、恐ろしい！」

「その後、裕子さんはどうなりました？」

「すっかり体調を崩してしまったと聞きました。当たり前です。でも、彼女の周囲もそれ以上に悲惨な状況になった」

「それは？」

「葛城先生までが、体調を崩されたんです。それまでは何ともなかったのに、突然、心臓の具合を悪くされて、宍道の総合病院に入院されてしまった」

「しかし、それはあくまでも――」

「彼女と無関係ではありません」久美は藤平の言葉を遮って、きっぱりと言った。

「これら全ての凶方を犯してしまうと、周囲の人間にも少なからず悪影響を及ぼします。しかも彼女は、それを承知の上で方位を犯した。そうなれば当然、彼女に教えていた師の葛城先生にも禍が及びます。これは自然の摂理です」

「ごく当たり前の出来事、というわけですか」

「事実、最近亀嵩では三人もの死者が出ました」

「それは知っています」藤平は、亀嵩で耳にした話を思い出しながら首肯した。「しかし、全て事故や病気で」

「違います。暗剣殺——彼女が持ち帰って来た暗闇からの剣の影響を受けてしまったんです」

「そう……かも知れませんが、そうなると我々は、それらに関わる全ての事象に注意を払っていなくてはならなくなる」

「ですから私たちは、日々、勉強しているんです！　これは私たちだけではありません。ついほんの最近まで、過去何千年という長いスパンで、誰もが行ってきたことです。現在は忘れられているだけで」

「裕子さんは、それらのことを理解していなかったと？」

はい、と久美は悲しそうに頷いた。

「だから私は彼女を呼び出して、斐伊川の渓流を歩きながら話しました。懇々と諭したんです。でも彼女は……殆ど耳を貸してくれなかった。それどころか、冷ややかに嗤った。そこで更に口論になって、私は……私は……」

「あの場所で裕子さんを突き飛ばし、彼女は大きく後ろに倒れた」

「……はい」

「そしてそのまま、岩に後頭部を打ちつけた」

「ああ……」

久美は思い出したように慟哭した。

藤平が松原に合図を送ると、再び松原が藤平に代わって話しかける。

「石宮さん。あなたは裕子さんが仰向けに倒れた後、恐くなってすぐにその場を離れたとおっしゃいましたね。しかし、裕子さんの遺体は、頭を打った岩から少し下の岩場で発見されました」

「……しばらくしてから、ずり落ちてしまったんでしょう」

「ところが、そうでもないようなんですよ」

「えっ」

驚いて顔を上げた久美に、松原は静かに言う。

「実は、誰かの手によって、岩場へ突き落とされた痕跡が見つかりました」

「まさか！」

しかも、と松原は、大きく目を見張る久美を見つめた。

「裕子さんの後頭部からは、傷跡が二つ発見されました。軽く脳震盪《のうしんとう》を起こす程度の痕跡と、おそらく致命傷になったと思われる傷跡が見つかっています」

「え……」

「つまり」藤平が口を開いた。「あなたが現場を立ち去った後で、もう一人の誰かが改めて裕子さんの後頭部を岩に打ちつけたかもしれないということです。そして、その行為が彼女の命を奪った。しかも、その何者かは、裕子さんの遺体を岩場に突き落とした。もしかすると、渓流に落とし込もうとしたのかも知れません」

「そんなこと……」

松原の言葉を聞いた久美の体は、大きくぐらりと揺れ、久美はそのまま気を失ってしまった。

*

仁多郡奥出雲町三沢。斐伊川の支流、三沢川の左岸に、三澤神社は鎮座していた。

雅は源太の車を降りると石鳥居の前に立ち、尻尾が空に向かってピンと立った「出雲式狛犬」の横に立てられている由緒書きに目を通す――。

神社の主祭神は、阿遅須枳高日子根《あじすきたかひこね》命。大穴持《おおなむち》、つまり大国主命と、宗像《むなかた》三女神の一柱・多紀理毘売《たぎりびめ》命との間に生まれた御子だ。

合祀神にある、大己貴命、志那都比古《しなつひこ》命、志那都比売命は、伊弉諾尊の吐いた息から生まれた神で、「祓戸大神《はらえどのおおかみ》」四神の一柱の子。あるいは、その一柱ともいう。

どちらにしても、怨霊神であることは間違いない。

雅は、由緒書きの続きを読む。


「当社の創立は往古に遡り、既に出雲風土記（七三三）に三澤社として仁多郡の神祇官社二社中首位に記録され、次いで延喜式神名帳（九二七）には三澤神社とあるところから古く天平（七二九）以前から広く崇敬されていたものである――云々」


とあった。

それを読み終わると、雅は例によって長い石段を上りながら、今朝出がけに目を通した『出雲国風土記』を思い出す。そこには、この社の謂《い》われが、こう書かれていた。主祭神の阿遅須枳高日子根命は、生まれた時から口がきけなかった。ところがある日、急に大泣きし始めたので大国主命が、

「御子の哭《な》く由《よし》を告《の》らせ」――御子が泣くわけをお教えください。

と夢に祈ると、心配ないという神託を受けた。目覚めた大国主命が阿遅須枳高日子根命に問いかけると御子は、

「御澤（三澤）」

と口にした。夢のお告げの通り、突然喋れるようになったのだ。そこで大国主命が、その場所はどこにあるのかと尋ねると、御子はこの場所まで案内し、

「是処《ここ》ぞ」

と言った（あるいは、泣き声が余りに大きかったため、舟に乗せて国を巡ったところ、この地に辿り着いたとも）。するとこの場所から水が湧き出でて「御身沐浴《みみゆあ》み」つまり、禊ぎをした。それ以来、出雲国造《いずもこくそう》が神賀詞《かんよごと》を奏上するため朝廷に向かう際には、必ずここで潔斎するようになったという。

また、この三澤神社に合祀されている「分雷命」は「賀茂《かも》別《わけ》雷《いかずち》命」であり、京都・上賀茂神社の主祭神だ。

手元の資料を見ると、

「阿遅須枳高日子根、別名を迦毛《かも》大御神」

とあり、この神は、京都の松尾《まつのお》大社の主祭神・大山咋《おおやまくい》神と、瀬織津姫と同神の玉依《たまより》姫との間に生まれた御子といわれている。

しかも、天橋立・籠《この》神社宮司の海部《あまべ》氏に代々伝わる「勘注《かんちゅう》系図」によれば、籠神社主祭神である饒速《にぎはや》日《ひ》命が結婚した姫は、宗像三女神の息津《おきつ》嶋《しま》姫命＝市杵嶋姫命（多紀《たぎ》

理《り》毘売命）であるとされる。

〝ええと、つまり……〟

雅はメモ帳を取り出すと、整理してみた。但し「＝」の印は「本人」という他に「同族神」という意味も含まれている。

「大国主命＝饒速日命＝大山咋神」と、

「多紀理毘売命＝市杵嶋姫命＝瀬織津姫＝玉依姫」

の間に生まれた御子が、

「阿遅須枳高日子根命＝賀茂別雷命」

ということになる。

そういえば、上賀茂の境内末社・棚尾神社には「櫛石窓《くしいわまど》神」が祀られているし、饒速日命の正式名称は「天照国照彦火明櫛玉饒速日命」で「玉依姫」は「玉櫛姫」と呼ばれている。父母神御子共に「櫛」と関係しているではないか！

またしても、思わぬ所で「櫛」に遭遇した……。

雅が参拝を終えて、頭を振りながら車に戻ると、源太が言った。

「時間的にも地理的にも、石壷神社と尾呂地神社は無理のようだから、由緒書きだけ用意しておいてあげたよ。次の八重垣神社に着くまでに読むかい？」

「ありがとうございますっ」雅は顔を明るくして、ペコリと頭を下げる。「何から何までご親切に！」

「大したことはできんけど」源太は笑いながらアクセルを踏み込んだ。「あんたの研究の足しになればと思ってさ」

「感謝します！」

心からお礼を述べると、雅は早速、助手席で目を通す。

石壷神社は、雲南市木次町にある神社で『出雲国風土記』にも記載されている。

主祭神は、武雷《たけみかずち》命（建甕槌《たけみかづち》神）、斎主《いわいぬし》命（経津主《ふつぬし》神）、天児屋《あめのこや》根《ね》命、比咩《ひめ》大神となっている。また合殿の若宮八幡宮では、誉田《ほんだ》別《わけ》命（応神天皇）、玉依姫命、息長足《おきながたらし》姫命（神功皇后）とあった。

その他、境内社として、天照大神や大己貴命、倉稲魂《うかのみたま》命や素戔嗚尊が祀られ、それとは別に単独で蛇神《おろちのかみ》を祀っている「尾呂地神社」があるようだった。

そして由緒によれば素戔嗚尊が八岐大蛇を斬ったという八《や》頭《と》坂《ざか》を西に下った斐伊の

郷には八本杉《はっぽんすぎ》があり、八岐大蛇の頭を埋めた後に、素戔嗚尊がその上に杉の木を植えた場所だそうだ。

雅が瞳をキラキラさせながら由緒を読んでいると、

「そろそろ着くよ」と言って、源太は前を見たまま尋ねてくる。「鏡ヶ池と八重垣神社と、どっちから行くかね」

雅は一瞬考えたけれど、

「八重垣神社からお願いします」

と答えた。やはり、神社にお参りしてからじゃなくては。

きちんと神様にご挨拶して、それから、

〝縁結び占い！〟

またしてもワクワクし始めた雅を乗せた車は、すぐに、

「伊賀武神社　八重垣神社」

と刻まれた大きな自然石の社号標が、ドンと置かれている神社前に到着した。

「ここらへんが、今あんたにあげた由緒に載ってる『八頭』でさ」源太は言う。「次に行く鏡ヶ池の近くに八重垣神社があって、今はこっちの伊賀武神社の境内に遷されたんだ。それからまた、佐草《さくさ》に遷ったらしいよ」

「さくさ？」

「松江の八重垣神社だよ。佐草宮司の所のさ。でも、あっちはあっちで、八重垣神社は最初から佐草にあったんだって言い張っちょう。だもん、こっちは『元八重垣神社』とも呼ばれとるからね。素直に考えれば、もともとはこっちだったんだろ。まあ、わしらにしてみれば、どっちでもえーことだけどさ」

　雅は頷きながら車を降りると、社号標から延々と延びる石段を見上げた。やはりこも長い石段が、そして更に鳥居の向こうにも延々と続いていた。

　石鳥居を二回くぐって、ようやく境内に到達すると、正面には太い注連縄の掛かった伊賀武神社の拝殿と本殿が、そして境内左手奥には八重垣神社の拝殿と本殿が見えた。本殿は両社共に一間社だったが、時代を感じさせる重厚な檜造りだった。

　こちらの伊賀武神社の主祭神は五十猛命と、出雲横田の社とは違って素戔嗚尊の代わりに、何故か建御名方命《たけみなかた》となっていた。また、いくつかの神社を合祀《ごうし》し、明治に入って「八頭」から八重垣神社をこの場所に移築したと由緒書きに書かれていた。

　雅は更に石段を数段上がると、八重垣神社に参拝する。

　ここは、素戔嗚尊の八岐大蛇退治伝説が色濃く残っているようで、地区を中心にして色濃く伝承されている。中でも出雲国風土記（七三三年）に出てくる「比比理村《ひびり》」

（現在の八頭地区）の「沖（ヒビ）る」という古語は「舞い上がる・高く飛び立つ」の意で、明らかにこの地に空中をさ迷う龍系の「八俣大蛇」が住んでいたことを物語っており、八頭地区に点在するヲロチ退治にかかわる多くの古跡の信憑性《しんぴょうせい》が声高に取り沙汰されている。――云々とあった。

見れば拝殿脇には、大木を輪切りにした年輪もくっきりと判別できる木片が置かれ、その上に説明文が書かれていた。その一つには、「長者屋敷跡」とある。覗き込んで読めば、

「大昔、このところに手摩乳・足摩乳の夫婦の神が娘達と住んでいた屋敷跡で――」

と書かれていた。

〝手摩乳・脚摩乳の屋敷跡！〟

しかもそこには以前大きな白椿があり「連理椿」と呼ばれていたらしい。

〝連理椿って〟

昨日、松江の八重垣神社前で見た、椿の大木の名前ではないか。その時は、素戔嗚尊と奇稲田姫の「連理」――若い男女間の深い契りだとばかり思っていたが、元は「手摩乳・脚摩乳」の「連理」だったらしい。

なるほど。確かにそちらも納得できる。やはり、実際に足を運んでみるものだ。

続いてその隣の大きな木片。

「元結掛《もとゆいかけ》の松」とある。こちらは、奇稲田姫が元結——自分の髪を束ねていた紐を掛けた松が、生まれ変わって何代も続いて残っていたということらしい。

〝ここは「櫛」じゃなかった……〟

雅はホッとする気持ちと残念な気持ちの半分で、苦笑いしながらその横を見ると、

「鏡ヶ池」

という木片が置かれていた。鏡ヶ池に関する説明板だ。

〝これよ！〟

雅は食い入るように、そこに書かれた文字を読む。

「櫛名田比売が、この池を鏡に見立て髪を梳《くしけず》ったというのでこの名がある。また、須佐之男命が八俣大蛇退治するとき、この水で強い酒を造らせたといわれる。

この水は昔から、どんなに旱《ひでり》が続いても涸《か》れたことがないと言い伝えられる」

とあった。

素晴らしい。とっても素敵。

そうなると……。

これらの伝承が魅惑的で心惹かれれば惹かれるほど、あの、

八雲立つ出雲八重垣　妻ごみに
　八重垣作る　その八重垣を

の歌に対して覚える違和感も大きくなる。

でも、だからといって、どこがどう変なのかと訊かれると……。

うまく答えられない。

それが余計に、雅の心をざわつかせる。

でも今は、鏡ヶ池だ。

予想通りこの神社にも神職の姿はなく、占い用紙なども用意されていなかった。だから、リベンジとはいかないけど、とにかく池の前に立って祈ろう！

何しろ、雅が出雲を研究テーマに選んだ理由の四十パーセント……それとも六十？

……いや、七十五パーセントくらいの理由を占めている、

雅は何となく身が引き締まるような思いで車に戻る。そして、今までにないような

真剣な顔つきで、

「では、鏡ヶ池にお願いします！」

と言うと源太も、

「あ、ああ……。じゃあ、行こうかね」

気圧されたように大きく首肯し、車を出した。

そして——。

〝これなの……。これが、本物？〟

雅は鏡ヶ池を前にして呆然と立ちつくした。

今、目の前にあるのは、昨日の八重垣神社で見た大きく華やかな池とは全く比較にならない、周囲ほんの数メートルの小さな池だった。

雑木林を背に、ポキリと途中から折れた木の枝や無骨な自然石、そして無数の雑草に囲まれている。松江の鏡の池とは大違いで、綺麗な社も建てられていないし、もちろん辺りには誰一人観光客もいない。

というより「鏡ヶ池」と刻まれた墓碑のような自然石と、周辺地図が書かれた説明板が立っていなかったら、誰もこの池の存在に気づかない。雅だって、源太にこうして連れて来られなければ、間違いなく見逃していたろう。

啞然としながら「鏡ケ池」と書かれた説明板に目をやれば、

「昭和の中ごろまで酒造りの清水として使用されたこともありました」


とあった。

〝昭和の中ごろまで？〟

足元に注意しながら、そろそろと近寄って覗き込めば、確かに水は透き通って綺麗で、数匹の鯉か金魚だろうか、気持ちよさそうに泳いでいる。

雅は続きを読む。


「この清水は泉谷よりの湧水で、昔からどんな旱《ひでり》であっても涸れることがなく、斐伊川に注ぐ八頭川の源流の一つとなっています。

この周辺地を『八頭』といい、この泉の畔に並べられた八つの酒甕を飲み酔いしれたヤマタノオロチにスサノオがすかさず飛びかかり、苦しみ火を吐きながら狂走した

『樋《ひ》ノ谷（火ノ谷）』や、いよいよ斬り取られ、岩に伏したとする『岩伏山《いわふせやま》（雲陽誌に岩布施山）』など、ヤマタノオロチ退治神話に関連する地名を多く残しています」

というようにあり、周辺地図として、雅が行ってきたばかりの八重垣神社や、長者屋敷跡などが書き込まれていた。

きっと、こちらの方が正しい（と言うのも変だけど）「鏡ケ池」だ。どんな旱にも涸れない、それだけで充分に「神池」だ。そのおかげで、昔は何人もの人たちの命が救われたかも知れない。それが、奇稲田姫の神徳なのか。

そうだとすれば、姫はとても素晴らしい女神。もしくは逆に、姫が素晴らしい女神だったからこそ、人々はそう言い伝えてきたのか。でもどちらにしても。

雅は、池の前で両手を合わせる。

〝素敵な泉水を、ありがとうございます——〟

その時、一陣の風が雑木林を揺らし、池の表に小さな波を立てて渡ると、雅の髪を揺らした。

パシャッ、と魚が跳ねた音で我に返ると、雅は心が洗われたよう——池の水で禊ぎをしたような気分になって、源太の待つ車に戻った。

「どげんだったね」源太はアクセルを踏み込みながら、助手席の雅に向かって微笑んだ。「何ぞかんぞと、お願いできたかな」

あっ。

すっかり忘れていた！

いや、忘れていたわけじゃない。池の前で手を合わせる直前までは、はっきりと覚えていたのに、手を合わせて祈り始めた時には、そんな考えが頭の中から見事に消えてしまっていた。

なんということ！

「……お願いするのを、忘れました」

「ありゃ」源太はチラリと雅を見た。「そいつは、どんなお願いかね？」

「……縁結び」

「でも、手を合わせちょったろう」

「池の神様に感謝してただけです」

「戻って、もっかいお願いするかね」

いいえ、と雅は首を横に振った。

「時間もないし、いいです。次の神社へ……」

肩を落として、しょげながら答える雅に、

「そうかね」ハンドルを切りながら源太は言った。「でも、ええ場所だったろ」

「はい！　それはとっても感じました。何かこう、体中が爽やかになったようで」

「それが分かれば、大丈夫さ。きっとそのうちあんたには、良い縁が腐るほどやって来るから」源太は髭面で微笑む。「それより、どっか適当な所で昼飯でも食うかね。もう昼も回っちょるし、次の来次神社までの間に、美味しい奥出雲ワインが飲めるレストランもあるよ」

「ワインはまだちょっと……」雅は苦笑いしながら時計を見た。「でも、そこでお昼にしてください。磯山さんも、ちょっと休憩して」

「わしは、全然平気だよ。こんなのは、走ったうちに入らんから。前の先生ん時にゃ、昼飯も食わんと、まだ十ヵ所くらいはまわったたから」

源太はそう言うと、大声で笑った。

＊

久美が意識を取り戻すと、そこには藤平と松原の顔があった。

「気がつかれましたね」

松原の言葉に久美は、「ここは……？」と尋ねる。すると松原が、

「署内の医務室です」と答えた。「軽い脳貧血のようでしたので、病院に搬送するまでもないだろう、少し横になっていれば、とドクターがおっしゃったので、こちらのベッドに」

「すみませんでした……」

久美が謝ると、

「いや」藤平が言った。「そんなことより、あなたたちの教室の方がお見えになっていますよ」

「えっ」

驚いた久美は、硬いベッドの上で上半身を起こす。すると、藤平たちの後ろには、

「三隅《みすみ》さん！」

教室の少し先輩の三隅誠一《せいいち》が心配そうな顔つきで立っていた。

「どうしてここに？」

「我々が」誠一の代わりに松原が答える。「葛城さんから何かお話が聞ければと思い、宍道総合病院まで足を運んだところ、この方がいらっしゃいましてね。そこで、あなたの話をしたら驚かれてこちらへ」

「事件の話は、刑事さんたちから聞いた」誠一は言う。「本当にびっくりしたよ」

「ごめんなさい……。でも、先生のお見舞いにほぼ毎日行かれているという話は聞いていましたけど、今日もこんな早い時間から行かれていたんですね」

いや、と誠一は微笑んだ。

「いつもは会社帰りに寄るんだが、今日はたまたま休みだったから、少し早めにと思って」

「そうだったんですか……。それで、先生のご様子は？」

「まだ安静にしていなくてはならないようだった。しかし、手術すればすぐに恢復《かいふく》するでしょうと主治医の方が。ご本人も元気だし」

「良かった……」

ホッと一息ついた久美に、誠一は尋ねる。

「石宮さんこそ、どうしてこんなことに？」

「ええ……」

と言って久美は、藤平たちに告げた話を繰り返した。

どうしても裕子を許せなくて、二人で話をしようとしたのだけれど、ついに感情を抑えきれなくなってしまい——。

その一言一言に頷いた後、

「確かに」と誠一は口を開いた。「斎木さんの行動に関しては、ぼくもどうかと思っていたし、先生も頭を悩ませていたのは事実だからね。彼女一人じゃ行かないだろうから、みんなで吉方へ行って、きちんと神社に昇殿して、八方除けのお祓いをしてもらえれば、という話を先生ともしていたんだ」

ほう、と藤平は尋ねる。

「吉方へ、旅行ですか」

「はい。凶方へ行って悪気を背負ってきてしまった以上、それを取り除くためには、それ以上の力を持つ方位を取らないといけないんです。それしか方法がない」

「しかし、斎木さんの今年は、八方塞がりだと石宮さんからお聞きしましたが」

「普請や移転や造作でない限り、うまく方位を取って旅行することは可能です。ただ、長期にわたるとなると、かなり難しいのは事実ですが。それでも不可能じゃない。むしろ今年は、葛城先生と石宮さんたちの方が、やっかいです。厄年、しかもお二人共に大厄だから」

「厄年ですか……」

「迷信だと言って、切って捨ててしまう人も多いですが」誠一は苦笑した。「その一方で、医学的見地や人体のサイクルから見ても合理的だという説もあります。しかし、どちらにしても行動を慎んでおけば間違いありません」

「充分に分かっていたのに」久美が頭を抱えた。「私は、何ということを……」

「仕方ないよ、石宮さん」誠一は慰める。「それこそが厄年——そういう年回りということなんだから。逃げようがない」

「しかし」と松原が皮肉な顔つきで尋ねる。「そういったことを、前もって占うのが、四柱推命なんじゃないいんですかね」

「ぼくらが学んでいるのは、占いではありません」

誠一は真顔になって松原を睨みつけると、先ほどの久美と同じ話をする。そして更につけ加えた。

「今言ったように、占いとは別物です。もちろん重なる部分も多くありますが。あえて判別するとすれば、四柱推命や九星気学は気の遠くなるような膨大な量のデータを基にして導き出された、ある種の統計学です。ぼくらは、誰もが天体の動きや自然のサイクルの中で生きています。これが、どういうことかお分かりになりますか？」

「いや……」

眉根を寄せて口をつぐんだ松原に代わって、藤平が尋ねた。

「我々は、何か大きなシステムの一部の中に生息しているということですかな」

「もちろん、それもあります。ただ、もっと確定的なのは、ぼくらは回る輪の中で生かされているということです。地球が自転し、公転している以上、ぼくらは、春夏秋冬が何度も繰り返されるというサイクルから逃れることはできません」

「回る輪、ね」

そうです、と誠一は頷く。

「考えてみてください。もし地球が自転も公転もしていなければ、ぼくらの運命も人生も一直線です。始めと終わりを繋いだ一本の線上を走るだけ。でも地球が回っている以上、そうではない。必ずある種の『波』や『渦』が発生する。そんな地球上に生を受けている以上、繰り返し訪れる何らかのリズムに必ず支配される」

「バイオリズムのような？」

「バイオリズムは生体のサイクルですが、それらを含む世界全体を俯瞰《ふかん》した上で、自分の身をどう処したら良いかという指針を教えてくれるんです」

「なるほどね」

「実際、これらの学問の歴史は長く、中でも特に、古代ギリシャの自然哲学と対比される東洋哲学としての陰陽五行説は、文字の伝来と共に、中国からわが国へ伝わったといわれています」

「確かに、それはまた古い歴史だ」

「暦本が初めてわが国に入ってきたのは、第二十九代・欽明《きんめい》天皇の御代です」

「欽明天皇ですか……」

「『日本書紀』によれば、欽明天皇十四年（五五三）の六月の条に、『「医博士《くすしのはかせ》・易《やくの》博士・暦《こよみの》博士等、番《つがい》に依《よ》りて上《もうで》き下《まか》れ。……又卜書《またうらのふみ》・暦本《こよみのためし》・種種《くさぐさ》の薬物《くすり》、付送《たてまつ》れ」とのたまふ』とあります。暦本などを送るように、という勅——命令です。また、第三十三代・推古《すいこ》天皇の十年の条にも、百済からやって来た僧が、暦本や遁甲《とんこう》方術の本をもたらしたと書かれています。この遁甲方術は、三国時代に諸葛孔明《しよかつこうめい》が得意とした術です。もちろんそれ以前にも、さまざまな方術が伝わっていました。しかし、何といっても最大の出来事は、斉明《さいめい》天皇六年（六六〇）でした」

「というと？」

「百済の滅亡です。大量の亡命者が、日本に渡って来ました。事実それ以降、陰陽五行説は隆盛を極めます。特に第四十代・天武《てんむ》天皇は、自ら天文遁甲に力を入れて、陰《おん》陽寮《ようのつかさ》を設置されて、さらに遁甲を極めようとされた。これらが全て、平安時代の陰陽師、賀茂保憲《かものやすのり》や安倍晴明へと繋がっていったのです」

「そして、そのまま現代まで？」

「奇門遁甲や陰陽五行説と聞くと、何やら難しく思えるかも知れませんが、その中の一部である十干《じっかん》・十二支《じゅうにし》などは、誰でもがごく日常的に使っているじゃないですか。平成二十年は、戊子《つちのえね》だからとか、あの人は寅《とら》年生まれだから負けず嫌いで信念が強いとか、午《うま》年の人は陽気で社交的だとか」

「丙午《ひのえうま》の女性は、ああだこうだとかいうように？」

「丙午は、完全に迷信ですけどね。『火の兄《え》』である『丙』と、『火性』の最たる南を表す『午』が重なっただけです。それを言ったら『水の兄』の『壬《みずのえ》』と、北を表している『子《ね》』の『壬子』生まれの人は、冷酷の極致になってしまう」

誠一は笑った。

「とにかく、四柱推命も陰陽五行説も、こういった庶民的な迷信を包含しながら、発展してきました。しかし、方位に関しては違う。厳然として、現実的にここにあるんです。というのも、全ての基礎になる部分だからです。だからこそ、諸葛孔明も天武天皇も、大変重要視した。また実際に凶方を犯してしまったために、命を落とした人々は数知れません」

「先ほども石宮さんから、暗剣殺で旅行した方が亡くなったという話を聞きました」

「暗剣殺の逆は、必ず五黄殺になります」

誠一も久美と同じことを言う。

「大凶方位の暗剣殺と、いかなる吉神の力も撃破する五黄殺の組み合わせですから、これはもう……」誠一は、しかめっ面で首を横に振った。「ただ、本人が命を落としてしまうのは、仕方ありません。ご自分で選択されたことですから。しかし、最悪なのはその悪気・凶気が周囲に及んでしまうことです。それは、何としても回避しなくてはならない」

「今回の、斎木裕子さんのように、ですか」

ようやく話が戻ったと感じながら、藤平が言うと、

「え、ええ」誠一は軽く咳払いしながら答えた。「そういうことです」

「そうであれば、彼女が命を狙われたとしても仕方ないレベルの動機になりますな」

「……そういう可能性もあるでしょうね。しかし、だからといって石宮さんが」

「いや、そうではないんです。実は――」

と言って藤平は、斎木裕子の後頭部から、傷が二つ発見されたことを伝えた。ゆえに、久美があわてふためいて立ち去った後で、何者かに致命傷を与えられたという可能性がある――。

「まさか」誠一は目を見張る。「先ほど伺った話では、斎木さんの体は渓流に転落する途中で岩場に引っかかっていたとか。とすれば、その時に傷がついたんじゃないでしょうか」

「もちろん、その可能性もあります。しかし今のところの捜査の結果ですと、石宮さんが彼女を突き飛ばした、その同じ岩で頭を打った可能性が高いようです」

「でも……そうすると、一体誰がそんなことを？」

さあ、と藤平は首を捻って誠一を見た。

「それを今、捜査しているんです。現場に残っている物証も、一つ一つ洗っています。ですから、もしも三隅さんに何かお心当たりや、気づかれた点があれば、我々にご報告いただきたい」

「分かりました……」誠一は首肯した。「では、少なくとも石宮さんに殺意はなかったという点は、判明したんですね」

「そちらに関しても『今のところ』としかお答えできません」

憮然として腕を組む誠一と、俯いたままの久美を眺めながら、藤平は尋ねた。

「三隅さんは、松江で起こった殺人事件をご存じですよね」

「……はい」

「実はあの事件も、我々二人が担当したんです」

隣で大きく頷く松原を見て、藤平は続けた。

「その時に亡くなられた女性で、ここ奥出雲出身の、三隅純子《じゅんこ》さんという方がいらっしゃいました。あなたは、ご存じありませんか？」

するとと誠一の顔が今までとは一変し、低い声で静かに答えた。

「もちろん……良く知っています」

「やはりそうですか。どなたですか？」

「ぼくの……姉です」

「ほう」藤平は松原と視線を交わす。「お姉さまでしたか」

「といっても、姉はもう何年もぼくら家族と連絡を取っていませんでした。実家の父に、警察から連絡があったと聞いて、事件を初めて知ったくらいです。あとは全て、父任せでして」

「連絡を入れたのは、自分です」

松原が言うと、誠一は顔を歪ませながら弱々しく笑った。

「それはまた、不思議なご縁ですね」

「確かにね」藤平も微笑んだ。「では、そのご縁ついでに、こちらの事件に関しても少々伺いたいことがありますので、別室に移っていただけますか。ああ、石宮さんはそのままお休みください」

「でも!」

「いや、三隅さんとお話が済みましたら、また戻って来ます」

藤平は言って、あくまでも誠一からは参考までに話を聞くので、それが終われば帰っていただいて結構だと告げた。

すると誠一は、念のために久美を家まで送って行くから、それまでもう少し休んでいてくれと告げて三人は医務室を出て行き、久美は毛布を被った。

先ほどよりも心臓がドキドキして、休むことができるかどうか不安だったけれど、どちらにしても今は、ここで待っていることしかできない。久美は自分を落ち着かせるように大きく深呼吸すると、硬いベッドに背中を預けた。

＊

雅たちは来次神社にまわる前に、源太の知り合いの出雲蕎麦の店で昼食を摂ることにした。

頭に白い日本手拭いを巻いた源太と同い年くらいの店主と、久しぶりだとか、これから警察に行くんだとか、何をやってるんだなどという会話を交わした後、源太は山菜の天ぷらせいろを頼む。雅は、出雲蕎麦のせいろを一枚。奥出雲ワインも置いてあったが、ここは我慢！

蕎麦が運ばれてくるまでの間で、雅は改めて源太にお礼を述べた。何しろ、朝一番で亀嵩を出発してから、

金屋子神社。

金屋子神話民俗館。

伊賀多気神社。

鬼神神社。

稲田神社。

奥出雲たたらと刀剣館。

絲原記念館。

三澤神社。

八重垣神社。

そして、鏡ヶ池。

これでもまだ予定の半分ほどだけれど、電車とバスと、ポイントでタクシーを可能な限り駆使したとしても、到底まわりきれなかったろう。そんなことを本心から感謝すると、源太は少し照れ臭そうに「いやいや」と笑いながら、運ばれてきた蕎麦に手をつけた。

「それで」と雅も箸を割りながら尋ねる。「磯山さんのご用事は、大丈夫なんですか？」

「ああ」と源太は携帯を覗き込む。「まだ特に連絡もないようだし、のんびり向かえばいいさ。きっとあの人たちも、忘れちょーんだないかな」

「そんなこともないでしょう」雅は笑う。「でも、第一発見者なんて、大変でしたね。そういう私も、磯山さんのこと言えないけど」

「松江の事件は、じきに解決したんだら」

「はい。一昨日のうちに。こちらも、早く犯人が見つかると良いですね」

「ああ。気味が悪いからな」

「犯人が近くをうろついていると思うと、不安ですよね」

「それもそげだども、このところ何故か、亀嵩の周辺で死人が出《で》ちょう」

「死人？」

「山田のじいさんとも話したんだども、珍しいんだよ。何にしたって、ここ一ヵ月に四人だ」

「殺人事件がですか！」

いいや、と源太は天ぷらをパクリと食べる。

「裕子ちゃん以外は、交通事故や病死だから、全然、事件じゃないんだけどさ。それは、刑事さんたちも言ってた」

「刑事さんたち……」

雅は、ふと思って尋ねる。

「その人たちってもしかして、藤平さんっていうちょっと渋めの警部さんと、松原さんっていう四十歳くらいの巡査部長さんじゃないですか？」

「おお、そうだよ！　あんた、知っとるのか」と言って、源太はポンと自分の膝を打つ。「そうか。松江の事件だな。同じ刑事さんだよ。あん人たちも、忙しくって大変なこったな」

「でもお二人とも、とっても親切でした。それこそ、私が行きたかった神社まで、パトカーで送り届けてくれたりして」

「そりゃあ、えかった。パトカーじゃ、あっという間に神社に着いただら」

「いいえ。サイレンを鳴らして走ったわけじゃないから」

雅は笑う。そして、蕎麦を口に運びながら、昨日一昨日の話を伝え、源太は「うん、うん」と頷きながら天ぷらを頬張った。そして、

「でも、とっても助かりました」

と微笑む雅に、

「それもあんたの人徳だよ」と言ってから、源太は少し首を捻って尋ねる。「ちなみに、今年いくつになったね？」

「二十二です。九月で二十三」

「ちゅうことは……」源太は指を折った。「乙丑《きのとうし》かね」

「はい」

「じゃあ、好き嫌いが激しく暗くて偏屈で気難しいから、社交性に欠けるんだな」

「え……」

「じゃが、頭も良いし親切だから、人に愛される。しかし、色情で失敗するから注意が必要だ」

貶《けな》されているのか賞められているのか微妙なところだったが、雅は、

「お詳しいですね」

と、蕎麦湯を飲みながら微笑み返すと、

「常識だね」源太は笑いながら、両手で太ももをパンと叩いた。「さて、と。予定はもう少しだから、出発するかね」

「はいっ」

と雅は答えて、二人は店を出た。


来次神社は『出雲国風土記』には「支須支《きすき》社」、『延喜式神名帳』や『雲陽誌』では「来次神社」として登場する。主祭神は大己貴命と建甕槌命。合祀神は、誉田別尊(応神天皇)。

本殿には八幡宮が併せて祭られ、この宮は建久三年（一一九二）に、源頼朝が京都の石清水八幡宮から勧請したと伝えられていて、これからまわろうと考えている佐世《させ》

神社の八幡宮と共に「出雲国八所《はっしょ》八幡宮」とされている。

ちなみに他の八幡宮は何ヵ所か候補地があり、はっきりとは確定されていないようだった。更に由緒書きを読むと、本来の地はここから西方百メートルの場所で「跡の城《じょう》」と呼ばれ、現在も石の祠が残されているとあった。

雅は「式内郷社　来次神社」と刻まれた社号標を横目に、一の鳥居へと向かう。すると——心の中で覚悟を決めていたけれど、やはり五十段を軽く超えるだろう石段が、雅の目の前に続いていた。

息を軽く切らしながら、雅は拝殿へと進み参拝する。背後に建つ本殿は、やはり古い歴史を感じさせる造りの三間社だった。

この社の名称に関して『出雲国風土記』を見れば「天の下をお造りになった大神」が八百万の神たちを追い払い、逃げ出した神々を追って、ここで追いついたので「追次《きす》き」＝「来次《きすき》」なのだと書かれている。

但し、一般的にその「大神」は大国主命とされているけれど、雅にはそんなイメージが湧かない。というのも大国主命は、自分が治めていた国を脅し取ろうとやって来た建甕槌神たちに向かって、息子たちに相談するから少し待ってくれと言うような、むしろ気の弱い神様だ。

どちらかといえば、争いごとの嫌いな神だったのではないか。

また、同じ大原郡の「阿用《あよ》の郷」の条に、こんな話が載っていた。

昔、ある人がここで山田を耕していたが、その時に「目一つの鬼来て」農夫の息子を食べてしまったという。その鬼というのは、旱や干魃《かんばつ》などの自然災害を表しているのだという説もあるが、

〝でも、目一つの鬼って言ったら……〟

素直に考えて、踏鞴製鉄関係者か、あるいは「天目一箇神《あめのまひとつ》」——『日本書紀』にも登場する鍛冶神と考えて良い。とすればこの伝説は、山から降りてきた産鉄民が、山田で働いていた農夫の息子を掠《さら》っていったという話ではないか。ここで、麓《ふもと》で田畑を耕す人々と、山で踏鞴に従事している産鉄民との争いの伝説が残っているということになる……。


次に向かったのは、佐世神社。

『出雲国風土記』大原郡佐世郷の条にはこうある。

「須佐能袁命《すさのお》、佐世の木の葉を頭刺《かざ》して、踊躍《おど》らしし時に、所刺《さ》せる佐世の木の葉、地に堕ちき。故、佐世と云ふ」

素戔嗚尊が「佐世の木の葉」を髪飾りにして踊った時、それが落ちた場所を「佐世」と呼んだということだけれど、この「佐世の木」は、一説ではツツジ科の常緑低木ではないかともいわれているが正確には不明で、神社近くの「佐世の森」には、椎の古木が鬱蒼と繁っているらしい。神社の主祭神は、素戔嗚尊と奇稲田姫。末社の八幡宮には、誉田別命が祀られている。

車が神社の社号標前に到着した時、

「ここから登り始めると、とんでもないことになるから、上の境内まで行ってあげるよ。ちゃんと道があるし」

源太は言って、アクセルをふかしながら坂道を登る。

ずいぶん親切だと思ったけれど、確かにその通りだった。

石段で上ってきたら、とんでもないことになっていたかも知れない。境内に到着すると、今走っていた県道が、遥か眼下に見えるほどの標高差があったのだから。

雅は、ホッとしながらも鳥居をくぐり、更にまた三十段ほどの石段を上って、拝殿の前に立つ。神紋も判然としない、古い建物だったが、例によって注連縄は太く立派だった。注連縄が、その社の主祭神を閉じ込めておくために用意されている物だと考えると、こうして祀っている人々は、何があっても素戔嗚尊たちを外に出したくないということらしい。

雅は柏手を打つと、目を閉じて祈る。

願い事はただ一つ。そして毎回同じ。

〝どうか、出雲に関する多くの謎が解けますように！〟


車に戻って坂道を下りて再び県道に出ると、斐伊川の川幅もすっかり広くなり、ゆったり滔々と流れていた。

源太の話によれば、つい数年前も豪雨で斐伊川が氾濫し、予想を超える大きな被害をもたらしたという。現代でさえそうなのだから、当時はどれほど恐れられていたか想像もできないし、その恐怖を八岐大蛇に重ね合わせて考えたとしても自然だ――。

次に向かうのは、その斐伊川の名前を冠した「斐伊神社」。

『出雲国風土記』には「樋《ひ》の社《やしろ》」とある。

但し文中には「樋の社」という名称が二つ載っていて、一社は今向かっている、素戔嗚尊と奇稲田姫、そして伊都之尾羽張《いつのおはばり》命という神を主祭神とする「斐伊神社」。もう一社は、『延喜式』などによれば「斐伊波夜比古《ひいはやひこ》神社」とも呼ばれて、主祭神は「樋速比古《ひはやひこ》命」となっていた。

〝どこかで見た気がするけど……誰だっけ？〟

雅は助手席で資料をめくったけれど、元々の地主神であろうということくらいしか分からなかった。

だがこの社は、現在は斐伊神社の合殿となっていて、何と、八岐大蛇の落とされた八つの頭を埋めたとされる場所にあるのだという。

俄然、興味が湧いてきた雅は源太に頼んで、急遽こちらもまわってもらうことにした。八岐大蛇の頭なんてとても気になるではないか。行ってみたい！

そんなことを頼むと、

「ああ、いいよ」源太は、二つ返事で承知してくれた。「斐伊神社の、すぐ近くだけん。というより、昔は同じ社地だったみたいだね。今は線路を渡って、三百メートルほど離れてるけど」

「斐伊神社って、そんなに大きかったんですね」

驚いて尋ねる雅に、源太は「うん」と頷いた。

「あそこらへんに祀られとる神様は、伊弉諾さんが、自分の何たらって子供を斬り殺したときに生まれたっていうからね。きちんとお祀りしとかんと、おっかない」

「それって、伊弉諾尊が迦具土《かぐつち》神を殺した話ですか？」

「そうそう。その神様の首を――」

「十拳剣《とつかのつるぎ》で、斬り落とした！」

「さすが、良く知っとるねえ」

笑う源太の隣で、雅は急いで『古事記』を開いた。

〝あった！〟

伊弉冉尊が、火の神である迦具土神を生んだために「みほと」――女陰を焼かれてしまい、命を落とす。それに怒った伊弉諾尊が「十拳剣を抜きて」自分の子供である迦具土神の「頸《くび》を斬りたまひき」。

子供を生んだために妻が亡くなってしまったからといって、怒りに任せてその子の首を斬り落としてしまうなどというのは、とんでもない話だと思うけど、ここにそう書かれているのだから仕方ない。

それよりも問題は！

〝本当だわ〟

雅は食い入るように『古事記』のその場面を読む。

伊弉諾尊の持った剣から滴り落ちる血から、甕速日神《みかはやひ》、樋速日神《ひはやひ》（樋伊波夜比古）が誕生した。また、伊弉諾が手にした十拳剣の別名として、伊都之尾羽張《いつのおはばり》と書かれている。

　これだ。樋速日神。禍々しき神。

　更に、その少し前の場面では、祓戸《はらえど》大神の速秋津《はやあきつ》姫や、三澤神社で目にした志那都《しなつ》比古《ひこ》神の名前も見える。

　つまり、この場面に登場する彼らは、

〝全員が、怨霊神……〟

　呆然として『古事記』から目を上げた雅を見て、源太は言った。

「じゃあ『八本杉』からまわるかね。道順が良いから」

「よろしくお願いします……」

　源太には、こうやってたくさんの神社をまわってもらっているのに、結局、まだ殆ど謎が解けていないじゃないか。というより、むしろどんどん増えてくる。

　源太が言っていた、金屋子神にまつわるいくつかの言い伝えの謎や、斐伊川と「比櫛」、そして八岐大蛇の関係。そこには当然、素戔嗚尊も絡んでくるだろう。

〝でも、きっと「櫛」の謎さえ解ければ全てが分かる〟

　雅は、じっと前を見つめた。

《瑞祥雲《ずいしょう》》

木次《きすき》の町は、森や田畑が一面に広がる亀嵩や出雲横田と違って、民家やショッピングセンターが建ち並んでいたので、大きな杉の木立は遠くからでもすぐにそれと分かった。

広場を囲むように円を描いて植えられている八本杉《はっぽんすぎ》の近くで車を降りて眺めると、入り口の鳥居さえなければ、そこはごく普通の町の公園だ。特に社があるわけでもなく、背の低い柵でぐるりと囲まれた空間の隅には、「八本杉」と刻まれて注連縄が掛かった大きな石碑が建っていた。

雅は、入り口に立てられている説明板の文字を追う。

八本杉の由来
出雲神話での主役はなんといっても須佐之男命と、八岐大蛇であるが、この八本杉はその古戦場で、古事記にのっている八岐大蛇退治の物語には、須佐之男命がからだが一つで頭が八つ、尾が八つの大蛇を退治し、その八つの蛇頭を、この地に埋めて記念に八本の杉を植えられたところから、八本杉の名が起ったという。

とあった。

やっぱりここでも「出雲神話での主役はなんといっても須佐之男命と、八岐大蛇である」と言っている。なのに『出雲国風土記』に八岐大蛇は一、行、も登場しない。

このギャップは一体、何なんだ？

雅は首を捻りながら、もう一枚の説明板も読む。

八俣大蛇伝説由縁の地
八本杉
須佐之男命は八俣の大蛇を退治し、再び生き返って、人々に危害を与えないように、八つの頭をこの地に埋め、その上に杉を植えられた場所です。そして、「我たのむ人を恵みの杉植えて、八重垣かこみ守る末の代」と詩を詠まれた地です。

と書かれていた。ここでもまた「八重垣」だ。

そう思って見回せば、この低い柵が「八重垣」の象徴なのかと思えてくる。

〝でも、そうすると……〟

ちょっと、おかしい。

素戔嗚尊は、ここでも「八重垣」を作って守ろうと言っている。

そして、奇稲田姫の時もそうだった。八重垣神社でも見た通り、大切な姫を外敵から守るために「八重垣作る　その八重垣を」と詠んで、しっかりと垣を作った。

ところが今、この八重垣の中にいるのは、八岐大蛇の頭。

素戔嗚尊、自らが退治した大蛇ではないか。奇稲田姫の時と全く逆だ。

〝その大蛇の頭を、敵から守るということ？〟

もしくは「八重垣」というのは、外敵を内に入れない結界の力と同時に、怨霊をその中に閉じ込めておくという呪力も持っているのか。

これは一見すると納得できる説明かも知れないが、そうなると「敵」は内にいるのか、それとも外にいるのか。

〝どっちなの？〟

雅は、またしても頭を悩ませながら車に戻ると、源太に次の斐伊《ひい》神社へと向かってもらった。

約三百メートル。あっという間に到着して車を降りると、雅は石鳥居の前で大きく嘆息する。目の前には、またもや長い石段が延々と続いていたからだ。

今朝からずっとそうだけれど、奥出雲では「神社の石段は、必ず五十段を超えること」というルールでもあるのか？　しかも、それを尋ねようにも、まだ一人の神職にも出会っていない。

などと、ぶつぶつ愚痴をこぼしながら、雅はそろそろ棒になってきた足を必死に上げて石段を上る。息を切らしながら境内に辿り着くと、正面にはやはり太く立派な注連縄が掛けられた拝殿が見えた。

雅は、古めかしい由緒書きを読む。

祭神は先ほど確認したように、素戔嗚尊と奇稲田姫と伊都之尾羽張命、等々とあり、その後に「斐伊神社概記」としてこう続いている。

本社の創立は甚だ古く孝昭《こうしょう》天皇五年にご分霊を元官幣大社氷川神社に移したと古史伝に記載してゐる。

出雲風土記の「樋社」で延喜式に「斐伊神社同社坐樋速夜比古神社」とある。天平時代に二社あったのを一社に併合したのであろう。他の一社は今の八本杉にあったと考へられる。「樋社」を斐伊神社と改称したのはこの郷の名が「樋」といったのを神《じん》亀《き》三年民部省の口宣により「斐伊」と改めたことによる——云々。

とあった。

創立が第五代天皇である孝昭天皇以前に遡るとは、また随分古い。しかも、その年代に武蔵国一の宮の、氷川神社に分霊したというのだから、益々凄い。そして、名称が「斐伊」と改められたのが神亀三年（七二六）というから、聖武《しょうむ》天皇三年だ。

これは、予想以上に歴史ある神社じゃないか。

雅が急いで埼玉県の氷川神社を調べてみると、あちらの主張としては孝昭天皇三年に、出雲大社から分霊を受けたということになっているようだ。

といっても、氷川神社の主祭神は素戔嗚尊と稲田姫命、そして大己貴命《おおなむち》なのだから、素直に考えて斐伊神社からだろう。第一、神社の名称も「氷川」——斐伊川なんだから。

その当時は、斐伊神社の名前を表に出したくない理由があったのかも……。

雅は参拝を終えて、長い石段を下りながら思う。

最初は、出雲国といえば大国主命だとばかり思っていた。けれど、実際にこうしてまわってみると、むしろ素戔嗚尊だらけだ。特にここ、奥出雲は素戔嗚尊と奇稲田姫と、素戔嗚尊の御子である五十猛命、そして八岐大蛇伝説で溢れかえっていた。

たとえば、大国主命を祀る出雲大社と素戔嗚尊を祀る熊野大社の間には「亀太夫《かめだゆう》神事」という儀式がある。

新嘗祭に際して出雲大社の宮司が、火を鑽《き》り出すための火鑽臼《ひきりうす》と火鑽杵《ひきりぎね》を借りるために、新米でこしらえた餅を熊野大社に納めようと持参すると、そこに亀太夫という社人が現れて、餅に関して「去年より小さい」「ひびが入っている」「形が悪い」などと文句をつける。それを出雲大社側は我慢して聞き、ようやく火鑽臼と火鑽杵を受け取る、という神事だ。

これは、どう考えても熊野大社の方が出雲大社より格が上であることを強調するための神事だろう。あなたは、そのことをお忘れになっていないでしょうね、という念押しの行事だ。もしくは、本来あなたがたは私たちに何かを頼める立場にないのですよ、という威しとも取れる。

どちらにしても、出雲大社（大国主命）より熊野大社（素戔嗚尊）の方が圧倒的に上位にいるということを世間に知らしめる（改めて確認させる）ための神事だ。それほど、出雲国では素戔嗚尊の力が強い。

あとは、八岐大蛇ともいわれている斐伊川に絡んで「金《かね》の王なる哉《かな》」という「鐵」——鉄だ。斐伊川が本当に八岐大蛇の正体だったのか、それは改めて考えてみるけれど、少なくとも「鉄」に関係していたことに間違いはない。

たとえば、亀嵩や金屋子神社のある仁多郡に関して『出雲国風土記』には、こう書かれている。

仁多郡《にたのこおり》
「以上の諸郷より出すところの鉄堅《まがね》くして、尤《もつと》も雑《くさぐさ》の具《もの》を造るに堪《た》ふ」

そして「奥出雲は製鉄のさかんな地域であったと推定されるが、中でも仁多郡は最も良質の鉄製品を製造していたと考えられる」などという解説も載っているほどだ。

そういえば、かの源義経《みなもとのよしつね》の忠臣・武蔵坊弁慶《むさしぼうべんけい》も、この地に関係していたはず。うろ覚えだったが、雅は頭の中で思い出す。

もちろんこれは数ある弁慶伝説の中の一つだが、ある日一人の女性が紀州・熊野権現に夫を授けて欲しいと祈った。すると熊野の神は、縁結びならば出雲の神に頼めと託宣した。そこで女性は、遥々出雲までやって来ると、そこで出会った山伏と結ばれ懐妊した。ところがこの子は十八ヵ月もお腹の中にいて、仁平元年《にんぺい》（一一五一）三月三日に生まれた時には、髪も歯もすっかり生えそろっていた。

これが、後の弁慶だ。

弁慶はある時、出雲で鍛冶を生業としていた叔父に、長刀《なぎなた》を依頼した。出来上がってみると、余りにも素晴らしかったので、

「このように素晴らしい長刀を誰にでも作るのか」

弁慶は尋ねた。すると叔父は、

「それが仕事ゆえ、注文されれば誰にでも作る」

と答えたので、弁慶はその叔父を即座に斬り捨てた。このように素晴らしい長刀を持つ者が他にいては、自分の身が危うくなると考えたからだった。

だが、そのために弁慶は出雲にいられなくなり、京へ旅立ち、そこで義経と巡り会うことになる……。

もちろん、このあたりの話は、かなり脚色されているだろう。でも、きっと誰もが面白く言い伝えたはずだ。そして、そのバックにあるのは「出雲の鉄」だ。

今回、雅がまわったのは、和鋼博物館、金屋子神社と金屋子神話民俗館、奥出雲たたらと刀剣館、絲原記念館だけれど、その他にも、日刀保《にっとうほ》たたら、小林日本刀鍛錬場、鉄の未来科学館、古代鉄歌謡館、たたら角炉伝承館、菅谷《すがや》たたら山内《さんない》、鉄の歴史博物館、などなど多くの博物館や鍛錬場がある。中でも、全国で唯一現存する鉄穴《かんな》流し遺構の羽内谷《はないだに》鉱山鉄穴流し本場《ほんば》設備などは、昭和四十七年（一九七二）まで、実際に稼働していたのだというから驚きだ。

また、奥出雲の「鉄師御三家」と呼ばれている、絲原《いとはら》家・櫻井《さくらい》家・田部《たなべ》家などは「家」を遥かに超えて、一つの「集落」となっている。広大な土地に、踏鞴に従事する実に多くの人々が暮らしていた村だ。

それほど、踏鞴や鉄は我々の生活の身近に存在していた。いや、生活の根幹だったと言ってしまっても、決して大袈裟ではないだろう。実際に、農機具、剣、日本刀と、全て命に関わる部分を担っていたのだから。

そのことは、日本全国の地名を見ても明らかだ。現在でも沢山残っている。

たとえば「斐伊」が鉄の古語を表す「サヒ」からきているように、「サ」や「ヒ」のつく地名。

また「鍛冶」がもとになっている「カジ」。

鞴を「吹く」の「フク」。

水銀を表す「青」からきている「アオ」。

白銀の「シロ」。

鉄錆の「アカ」。

そして「稲」に変化してしまっている「鋳」の「イナ」「イモ」……などなど。

これらは全て「鉄」関係の地名だ。挙げていけば切りがない。

それなのに、いつの間にか踏鞴従事者や産鉄民は、鬼や妖怪として貶《おとし》められていった。そこに、どんな歴史の流れがあったのかは分からないけれど、タタラの人々の職業病である片目を指して「片目の鬼」だとか「一つ目小僧」だとか、同じく職業病で片足が萎えている「唐傘お化け」だとか。

〝案山子も、そうだわ〟

しかも蓑笠をつけさせられて、神逐《かみやら》いされた素戔嗚尊をも表しているという念の入りよう。

〝そういえば……〟

雅は学生時代の、素戔嗚尊に関する水野の講義を思い出す——。

その日も水野は、いつもの通りチョーク一本を手に持って、

「素戔嗚尊という名前に関しては、さまざまな説があります。しかし、一番妥当と思われるのは」

と言うと、余り上手とは思えない文字で、黒板に大きく「朱砂王」と書きつけた。

「朱砂《すさ》、つまり水銀の王だったのでしょう。これが本来の意味だったと思われます。また『和名抄』などに水銀は『丹』とあります。その名産地は『丹生《にう》』『土生《はぶ》』などと冠され、その地名は今でも残っていますね。これは以前にもお話ししたかとも思いますが」

と言って水野は黒板に書く。

「青丹吉　寧楽乃京師者咲花乃　薫如　今盛有」

「『万葉集』三二八。有名な、小野老朝臣《おののおゆ》の歌ですね。

『青丹よし　奈良の都は咲く花の
　匂ふがごとく　今盛りなり』

もちろんこれはただ単に、青や丹で飾られて奈良の都はとても綺麗ですね、などと

いうのどかな歌ではありません。『青』は鉄、『丹』は水銀。それらを手に入れた朝廷は、『咲く花』――これに関しても、木花之《このはなの》佐久夜毘売《さくやびめ》の時にお話ししたと記憶していますが、踏鞴場で鉄を鍛える際に飛び散る、特大の線香花火のような火花のことです。直截的に言えば『鉄』です。つまり、それら全てを手に入れた奈良王朝は『今盛りなり』という、非常に政治的な歌なわけです。はい、きみ」

最前列の女子を指す。

「鉄といえば、当時はどこの国ですか？」

「……出雲や吉備です」

「では、丹といえば？」

「……伊勢、ですか」

「正解なんですから、もっと自信を持って答えてください。その通り。ということは、この歌は朝廷が『出雲や吉備と伊勢』をも手に入れたということも指している、二重の歌になりますね。特にこの場合は『出雲と伊勢』でしょう。そう断定する理由は、また改めてお話しします。とにかく、その結果として朱砂王は――」

水野は再び黒板に書きつけた。

「このように『素戔嗚』になってしまいました。はい、きみ。この文字を『スサノオ』ではなく、普通に読み下してみてください」

その質問に、男子学生がドギマギしていると、水野は返答を待たずに続けた。

「『素』は『白』ですから輝く物、つまり『鉄』を表しています。そして『戔』は『失う』『損なう』。『鳴』は『むせび泣く』『嘆く』です。つまり『朱砂王』は『白き（鉄）を失いて嘆く』素戔嗚になってしまったのです」

〝おお……〟

と、雅は心の中で声を上げたことを覚えている。

しかしその時、

「先生」と、勇気ある男子学生が手を挙げて質問した。「神話の時代の素戔嗚尊と奈良王朝では、全く時代が違うように思うんですが……」

すると水野は、ニッコリと嬉しそうに微笑んだ。

「とても良い質問ですが、それは実に単純な話なので『古事記』と『日本書紀』、そして『魏志倭人伝』を読めば、きみの疑問はあっさり氷解すると思います。さて、すっかり話が長くなってしまいましたが、今日のテーマはその素戔嗚尊です」

といって水野の講義は続いた——。

その時の「実に単純な話」も、雅は未だに解けていなかった。

だが、今の問題は目の前の「出雲」「奥出雲」だ。

雅は源太の車で『出雲国風土記』に登場する神社をまわってもらう。

まず、奇稲田姫を祀る「河邊神社《かわべじんじゃ》」。『風土記』では「河邊社」。

この神社は名前の通り、斐伊川の川辺にあった。といっても普通の川縁ではない。斐伊川が大きく湾曲し、逆Cの字になっているその中心に建てられていた。だから源太の車は、まるで河邊神社の周囲をぐるりと取り囲んでいるような川辺の道を走った。

次に「三屋神社《みとやじんじゃ》」。主祭神は大己貴命で『風土記』には「御門屋社」と載っていて「大己貴命の天下の宗廟である」と書かれた棟札が発見されているという。そして「杵築大社（出雲大社）は、三屋神社から大国主命の御神霊が遷座された」ともいう。実際、神社の背後には古墳群が発見されているし、更には雲南地方最古で最大の前方後方墳までもが見つかっているというから「出雲文化発祥の地」といううたい文句も、決して大袈裟ではないかも知れない。

そして「八口神社《やぐちじんじゃ》」。『風土記』には「矢口社」と載っている。主祭神は、素戔嗚尊。尊が八岐大蛇の頭を斬った場所、あるいは矢で射た場所とされている。もうここまで来ると、奥出雲といってもかなり北部で、加茂岩倉遺跡まですぐの場所になっていた。

　しかし時計を見れば、もう既に午後四時をまわっていた。羽田行き最終便まで、あと三時間ほど。

　不安になった雅が、源太にそんな話をすると、

「空港まで、ここから三十分もあれば着くけん、送ってあげるよ」

「でも磯山さん、警察は？」

「全然、連絡ないねえ」源太は携帯を確認する。「もう解決したんかな」

「それなら良いですけど……」

「じゃあ、特にまわる所がなければ、加茂岩倉遺跡でも見学して行くかね。学芸員が色々と説明してくれる。それとも宍道の辺りを見物するかな」

「ありがとうございます。でも、このまま行って早めに空港に着いたら、夕食も済ませちゃおうと思います。磯山さんは？」

「わしは、念のために帰り道で雲南署に寄ってから、家に帰って酒を飲むとするよ」

「色々とありがとうございました。勉強になりました」

「研究の足しになりそうかね」

「はい……」雅は、微妙に言い淀む。「とっても参考になったので、帰ったらすぐ大学へ行って、資料をまとめるつもりです。そして、改めて全部考え直してみます」

そうかね、と源太は笑った。

「いや、しかし随分まわったもんだね」と言って、笑いながら指を折る。「午前中に十ヵ所だろ。そして昼から、来次神社、佐世神社、八本杉、斐伊神社、河邊神社、三屋神社、そして八口神社。これだけまわったのは、あの先生以来だな。もっともあん時は、あと二、三ヵ所行ったかな」

先生、という言葉を耳にして、雅はふと思った。

こんなに楽しい気分を壊されて嫌だけど、念のために、最後に御子神に連絡を入れてみようか。

もしも何か見落としていることがあれば、まだ少し時間がある。近場だったら寄れる。かといって、さすがにもう一日連泊は無理だ。訊くなら、早いうちが良い。

雅は、意を決して携帯を握り締めた。

＊

あらゆる暦本の巻頭を飾っているのは、歳徳神《としとくじん》と呼ばれる女神で、その年の福徳を司る吉神とされている。故にその年に歳徳神がいらっしゃる方位が「恵方（吉方《えほう》）」となる。安倍晴明が編纂したともいわれる『簠簋内伝金烏玉兎集《ほきないでんきんうぎょくとしゅう》』によれば、この女神は疫病神である牛頭天王《ごずてんのう》の后神「頗梨采女《はりさいにょ》」であるといわれているが、これは定かではない。

だがここで、牛頭天王こそは荒ぶる神・素戔嗚尊と同一神であるという理論があるため、歳徳神は彼の后神の奇稲田姫となる。そして二人の間には、方位神である「八将軍」たちが生まれたといわれている。

〝素戔嗚尊か……〟

葛城徹は、病室の無機質な白い天井を眺めると、諦めたように目を閉じて溜息をつく。そして、現在の自らの境遇を嘆いた。

これは、間違いなく素戔嗚尊の罰だ。

〝なんということだ……〟

全ての原因は、教室の生徒だった斎木裕子を、うまく導くことができなかったからだ。それどころか、自分までも巻き込まれてしまった。いくら今年が大厄、数えの四十二歳だからといって、通常であればこれほどの災いが降りかかるはずもない。

間違いなく神罰だ。

そのおかげで、今まで何十年も恵方取りをして蓄積した祐気が、全て水の泡になってしまった。いや、その蓄積があったから、何とかこの程度で済んだともいえるか。

だが、どちらにしてもこうして、まともに悪気を受けてしまい、倒れた。

病は、手術によって恢復するだろうと主治医からも言われている。だが「悪気を受けて倒れた」ということ自体が受け入れがたい屈辱だ。

今回、もしも斎木裕子が自分の家族や親戚だったら、何があっても渡航を止めた。当たり前だ。しかし彼女とは血縁関係は全くなく……ただ、肉体関係が一度だけ。

最初で最後。たった一夜の関係だった。

危うかった。

もしもそのまま、ずるずると続いていたなら、きっとこの程度で済むはずもない。

文字通り、命を取られていただろう。

そう思うと、葛城の額に冷や汗が浮かぶ。

何しろ裕子が犯した方位の相手は、あの恐ろしい素戔嗚尊なのだから想像もつかない行動だ。

素戔嗚尊こそは、太白星《たいはくせい》――つまり金星であり、常に歳徳神の正反対に位置する災いの神だ。「大将軍」とも呼ばれ、全てに関して凶。決して犯してはいけない方位で、往時は鬼門よりも恐れられていた。五行で言えば「西」で「秋」で「哭《こく》」で「悲」で「憂」。

といっても当然、方位神の方が先に確立していたわけだから、その最凶の場所に素戔嗚尊が置かれたことになる。何故、素戔嗚尊がその場所に置かれたのか、歴史学的・民俗学的な専門的な理由までは分からない。

だがとにかく、ここ奥出雲を司る最大の鬼神が、そこに比定されたことは事実。

葛城は、ゆっくりと目を開く。

そして、奥出雲に住まう恐ろしき神といえばもう一柱。一般的には名前すら見せないその神は――。

「葛城さーん。検温の時間ですよー」

葛城の思考は、病室をノックする若い看護師の明るい声で遮られた。

＊

電話の向こうの、

「もしもし」

という御子神の静かな声に、いつものことながら緊張して、

「橘樹雅です……」恐る恐る言った。「お忙しいところ、申し訳ありません」

「そう思っているなら、電話してこなければ良い」

「そ、そう思ったんですけど！　でも、どうしてもお訊きしたいことがあって。少しだけ、お時間よろしいでしょうか」

「少しだけならば」

「ありがとうございます！」

ホッとしながら礼を述べて、雅は今日一日の行動を手短に伝えた。朝からずっと奥出雲をまわって、素戔嗚尊や奇稲田姫や五十猛や八岐大蛇を追いかけた。その結果、やはり出雲国は大国主命ではなく、素戔嗚尊のものだったと確信した。出雲が大国主命のものになったのは、もっとずっと後のことだったのではないか。

ただ、八岐大蛇が斐伊川のことだったのか、それとも踏鞴だったのかは、まだ判明していない。しかし「斐伊」は「ヒ」で鉄の古語からきている名称だから、どちらにしても鉄関係だったことは間違いない——。

雅が一気に喋り終えると、御子神は静かに尋ねてきた。

「それで結局、櫛は？」

「……まだ、何とも」

「まだ？」御子神は、おそらく眉根を寄せている。「答えは最初から、きみの目の前にあるというのに、『まだ』というのは、全く意味不明な回答だな」

「私の目の前にって、どういう比喩ですか？」

「比喩も何も」今度は冷たく笑った。「そのままだ。きみは本当に、出雲をまわったのか？」

「まわりました！」雅は叫んでいた。「今言ったように、奥出雲を朝からずっと。泊まった民宿の方に車を出していただいて、素戔嗚尊や八岐大蛇を追いかけたんです。八岐大蛇なんかは、八頭《やと》の八本杉まで行きました」

「八頭の八本杉……」

はいっ、と雅は憤りながら答える。

「八頭坂で退治された八岐大蛇の、八つの頭を埋めた場所です。そこに、素戔嗚尊が八本の杉を植えた場所です。そこは、斐伊神社の昔の社地で――」

「八頭というのは、何だ？」

「えっ。ご存じないんですか。もちろん、大蛇の八つの頭のことですよ。八岐だから八つ」

「きみはまさか、その場所に、本当にそんな物が落ちていたなどと言うんじゃないだろうな」

「……違うんですか？」

「時間はある。ゆっくり考えてみることだ。では――」

「ちょ、ちょっと待ってくださいっ」雅は携帯を握り締めて大声を上げた。「じゃあ、八頭っていうのは何なんですか！　今、ここで教えてくださいっ」

ダメもとで訊いた雅に、

「当然、八頭は」御子神は答えた。「谷《やと》だ」

「えっ」

「谷《やと》神は、知っているな」

「は、はい……」

陽光のささぬ谷間や、じくじくした低湿地を司る神、あるいはそうした所に追いやられてしまった禍々《まがまが》しき神だ。故に谷や谷神は、売春婦の隠語ともなっている。

「ということは、同時に『夜刀《やと》の神』になる」

「得体の知れぬ蛇神……ですね」

雅は頷いた。

夜刀の神は『常陸国風土記』行方《なめかた》郡の条に登場する。

「蛇を謂《い》ひて夜刀の神と為す。其の形、蛇の身にして頭《かしら》に角あり。率引《ひきい》て難《わざわい》を免《まぬか》る時、見る人あらば、家門を破滅《ほろぼ》し、子孫継がず」

夜刀の神と遭遇して、害を受けないように逃げて行く時に、もしも一人でも振り返って見たりしたら、一家一門は破滅し、子孫も断絶するだろう、という言い伝えのある恐るべき神。

それが出雲の「八頭」？

これは、楽しい伝説や綺麗事では済まなくなってきているかも……。

「じゃあ！」雅は大声で尋ねる。「もしかするとあの場所で、八岐大蛇ではなく、本物の人間が殺されたのかも知れないと？」

「きみの質問は、いつも不可解だ」御子神は嘆息した。「本当に教授の民俗学が優だったのか」

「本当です！　嘘だと思うなら、水野先生に訊いてくださいっ」

「まあ、いいだろう。ついさっき、きみは八岐大蛇が踏鞴や鉄に関係しているのでは、と言ったと記憶しているが、そこまで分かっていて、どうして『八岐大蛇』と『人間』を区別するんだ」

「……というと？」

「時代が下って、玉鋼がもっぱら刀剣のみに使用されるようになると、刀鍛冶たちは日本各地に出かけた先の宿で厄介になる際にこう言った。『手前は、どこそこのオロチでございます』と」

「刀鍛冶がですか」

「自ら、そう呼んでいた。備前のオロチ。出雲のオロチ。あるいは、大和《ヤマト》のオロチもいたかも知れないな」

「大和のオロチ――」

「きみの思考が先走る前に言っておくが『大和のオロチ』は、もちろん後の世のことだ。しかし、オロチを踏鞴に関わる人間と考えていたことに変わりはないだろう。そもそもオロチの『オロ』は『悪露《オロ》・汚露』で、製鉄場で見られる物だったからな。ひょっとすると、鉄滓《ノロ》とも関連があるかも知れない」

「でも……悪露といったら、女性の出産後に体内から排出される分泌物でしょう？」

「おそらくきみは、踏鞴製鉄場や、それに関する資料を目にしていないようだから仕方ないが――」

「見ましたっ」雅は御子神の言葉を遮って叫ぶ。「金屋子神話民俗館も、奥出雲たたらと刀剣館にもいきました」

と言って雅は、ハッと思い出す。

源太が口にしていた、金屋子神に関する三つの言い伝えの謎だ。

金屋子神は「女の人が嫌い」「藤は好きだけど麻は嫌い」「人間の死体が好き」。

これに関して雅は学生時代に習った答えを返したが、突き詰めていくと、うまく謎が解けない。たとえば「女性が嫌い」という点一つを取ってみても「女性は穢れているから」という理由ならば、神社に巫女さんがいること自体がおかしいし、そもそも穢れ思想は仏教が日本にやって来た六世紀以降の話だ。そこで、

「ちょっとよろしいでしょうか」

と断って、雅は金屋子神に関するこれらの疑問をぶつけてみた。すると、

「名前を見れば一目瞭然なように」御子神は言う。「この神は、製鉄神だ」

「金、ですものね」

「どうしてきみは、そこで切るんだ？」

「え……」

「金屋子神は当然、『金屋』『子』神だ。そして『金屋』というのは、踏鞴師・炭焼師・鋳物師・鍛冶師などの機能が、はっきりと分かれていなかった古代に、産鉄民を総称する言葉だった。そしてもちろんこの場合の『子』は『そこから生まれた』という意味ではないかと、ぼくは考えている。但し『子』には、また違う意味をたくさん含んでいるので、こちらに関して今は省略しておこうか。あるいはまた、当時の踏鞴師の別名が『金鋳護神《かないごしん》』だったという説もある」

「金鋳護……ですか」

頷く雅を無視するように、御子神は言った。

「また、金屋子神の絵姿に関しては、白狐に乗った女神として多く描かれ、そのために稲荷《いなり》神と混同されてしまった。そのために、稲荷神と金屋子神は違う、稲荷神はあくまでも『稲』——穀物の神だなどという、二重の誤謬がまかり通るようになってし

まった」

「それは、おかしいです！　『稲荷』は『鋳成《いなり》』で、それこそ、あくまでも鉄の神ですから」

「その通り」御子神は肯定する。「更に、稲荷神が女神だというのも大きな勘違いだ。その詳細に関しても省略するが、稲荷神は間違いなく男性神。しかし、彼の神使《しんし》が『狐』だったことや、江戸・吉原で非常に信仰されていたという歴史によって、何となく女神のようなイメージを抱かされてしまっているだけのことだ。ゆえに」

と続けた。

「金屋子神は女神とされる、という点に関しては正しいだろう。そして、おそらくその女神は木花之佐久夜毘売《このはなのさくやびめ》」

「木花之佐久夜毘売！」

「これに関する詳しい話も長くなる。また次回にでも。では――」

「ちょ、ちょっと待ってください！」

雅は叫んだ。

ここからが、重要な話じゃないか！

「じゃあ、神様が女神だから、女の人が嫌いという話で良いんですか？」

ふん、と御子神は電話口で嗤った。

「弁才天などに関しても、そんな悪意ある風説が流れているようだが、では、そんなことを言ったら、殆どの神社の男性宮司はどうなってしまうんだ。男神を祀ることができなくなってしまうのではないか？」

「ということは、女神は嫉妬深いから……？」

「バカな」

「では何故？」

「もちろん、踏鞴場の人々に女性を近寄らせないためだ」御子神は笑う。「だがこれは、踏鞴関係以外の神々に対する態度と同様で、たとえ女性が近づいたとしても、彼らとの接触は許さなかった。無《む》闇《やみ》矢《や》鱈《たら》に子孫を残されては困るからな。それが時を経るうちに、仏教伝来と共に広まった『穢れ思想』と重なり、女性の入山も禁じられるようになってしまった」

「そういうこと……」

じゃあ、製鉄過程が女性の生理に喩えられていたのも、もしかすると、そんな願望や憧憬や怨念（？）があったのかも——。

「一方、藤が好きというのは単純だ」雅の思考を遮って、御子神は続けた。「たとえば『諏訪《すわ》大明神絵詞《えことば》』を見ると、出雲から諏訪まで逃げた建御名方神《たけみなかた》が、諏訪で鉄輪《かなわ》を持った洩矢神《もれや》に対して、藤の枝を手にして闘い勝利したという話が残っている。この藤の枝というのは当然、鉄穴流しの際に使われた『藤の蔓で編んだ敷物』のことだ。この過程では、藤が非常に重宝された」

「ああ……」

「また『死体』に関しては、岡山県の吉備《きび》津神社に似たような信仰があると、民俗学者の谷川健一《たにがわけんいち》も言っている。つまり、ここで行われる『鳴釜《なるかま》神事』は、退治された鬼・温羅《うら》の首が埋められた、その上に釜が置かれるからだ。しかし実際は、もっと直截的な理由があった」

「というと？」

「もちろん、死体を火炉に投げ込むことによって、遺体に含まれているリン酸カルシウムが、火の温度を調節したからだ。ゆえに犬に吠えられた金屋子神が麻に足を取られて転んで死ぬが、その遺体を火炉に投げ込んだところ、鉄が良く沸いた――などという話も残されている」

「そうなんですね！」

「まさかきみは、ただの呪《まじな》いで、火炉の周囲の高殿に、死体をぶら下げていたなどと言うんじゃないだろうな」

「い、いえいえ」

半分ほどそう思っていたが――。

雅は、御子神の話に納得する。

同時に、以前に見た神社に関するテレビ番組で言っていた「神様は金目の物を嫌う」という話を思い出す。

きっとあれも「悪意ある風説」の一つなんだろう。実際に金屋子神などは、自らの名称に「金」を冠しているし、実際に神社へ行けば「賽銭《さいせん》」を投げて、拝殿に下がっている「鈴」を鳴らす。

それなのに「金」が嫌い？

むしろ、そんな話を当たり前のようにして流す「人」の方が怨霊神よりも遥かに恐ろしく感じた。

「これでいいかな」

という御子神の声に、ハッと我に返った雅はすぐに言う。

「そ、それで！　踏鞴に関してなら、絲原記念館の資料も入手しましたし、踏鞴操業の映像では、火炉の湯出口《ゆじぐち》から、真っ赤に焼けたドロドロの鉄滓が、それこそ『ノロノロ』と地を這う蛇のように流れ出てきて――」

「その火炉に」今度は御子神が、雅の言葉を遮る。「砂鉄や木炭を三晩、四日間にわたって投入し続けるわけだが、今言ったように鉄滓が排出されないと、鉄塊は結実しない。それどころか、炉が爆発してしまう危険すらあるため、折角苦労して作り上げた炉を、あえて自分たちの手で崩壊させなければならなかった。ゆえに踏鞴従業者は、鉄産生の合図である鉄滓の排出を確認すると、これを有り難く押し戴き『初花《はつはな》』と称して金屋子神に供え、全員で神に感謝の意を示した」

「初花って……」

「人間の女性でいえば、初潮のことだ」御子神は平然と言う。「初潮が訪れることによって、その女性は『子宝』を生むことが可能な体となる。そこで家族は神への感謝の意味を込めて、赤飯などを炊いて祝福する。つまり、産鉄の過程は女性の生理と同一視されていたということだ。炉――女神の名前にもあるように『ホト』、つまり火処《ほど》は女陰、子宮であると考えられ、初花であるノロが排出されることによって見事な粉宝《こだから》――子宝が生まれる。その際には、悪露も出る。何故ならばそこは谷《やと》だから」

「ああ……」

「それら全ての過程を、オロチである彼らが、祈りと共に見守ったというわけだ」

「じゃあ、もしかして、そのオロチたちが大勢いるという意味で、たくさんの数を表す『八』を冠して八岐大蛇という名称が？」

「もちろんそれもあるが、数が多いというなら『九』にすれば良い。漢字一文字で書ける最大の奇数であり、中国の思想を元に考えれば、偶数は凶で奇数は吉だから」

「でも、日本だと『九』は『苦』に繫がるから……」

頭の中で「櫛——苦死」という語呂合わせを思い出しながら言う雅に、

「『八』はその『九』よりも、更に不吉な数字だ」御子神は淡々と言った。「ゆえに、彼らの名称の頭につけられた」

「末広がりでおめでたい『八』がですか？」

「その験りを誰が言い出したのかは知らないが、末広がりならばいずれ二つに分かれてバラバラになる」

「そんな」

「きみはもちろん『八』の大字《だいじ》を知っているな」

「『捌《はち》』です。手偏《てへん》に——」

と言って雅は息を吞む。

「——別れる、です」

『捌』は『さばく』『分ける』『はける』で、バラバラにするということだ。そもそも『分』がそうだ。もともとの字義は『刀で八つ――両分する』。そして最後は、バラバラになる。まさに、八岐大蛇の頭のようにね」

「八頭……」

「そういう意味では、斐伊川が八岐大蛇という見立ても、あながち間違いとは言い切れない。一本の大きな川ではなく、あちらこちらで分かれ、しかもしばしば氾濫を起こしては、人々をバラバラにするからな。そして、奥出雲には『鬼の舌震』という渓谷がある」

「はい」雅は頷いた。「私は行けませんでしたけど、お話は聞きました」

「その名称は『ワニ（鬼）の恋《したい》』からきていると言われているようだが、もしかすると本来は『鬼の死体』だったのかも知れないな」

「ええっ」

「谷《やと》の神の逆鱗《げきりん》に触れてしまった人々の、ね」

一度遭遇して目にしてしまったら、その場にいる人間全員を殺し尽くすまで殺戮《さつりく》を繰り返す鬼神。夜刀――八頭の神。

もしかして……。

雅の思考は飛ぶ。

本当に今、夜刀の神が暴れているのではないか。滅多に人が死ぬこともない亀嵩周辺の土地で、続けざまに四人も亡くなって、そのうち一人は殺人。

しかも、それ以前には松江で――。

いや違う……でも……。

混乱し始めた雅の耳に、

「では、そういうことで」

という御子神の声が聞こえ、雅はあわてて答える。

「はいっ。ありがとうございました。私も、すぐに刑事さんにお知らせしないと」

「刑事さん？」

「あ、いえ。ちょっとまた、事件に関係しちゃったみたいなんで」

「……そうか」

「また何かありましたら、よろしくお願いします！」

と言って、雅は電話を切った。その他にも、斐伊川や案山子や、そして答えは最初から雅の目の前にあるという「櫛」についても質問したかったが仕方ない。それはまた改めることにして、雅は源太に尋ねる。

「突然、変なことを伺いますけど、もしかして亀嵩周辺で、古い神様の逆鱗に触れるようなことをしたなんて話、聞きませんでしたか」

「はあ？」源太は首を捻った。「急にそぎゃんこと訊かれてもなあ。どっかよその県みたいに、古墳を掘り起こして建物を造っちまったとか、昔の遺跡の上に道路こさえたとか、そんなことはあらへんなあ。でも、どうして……？　ありゃ、もしかしてあんた、亀嵩なんかの事件は、その古い神様の祟りだなんて言いたいんかい」

「はい」

はっきり肯定する雅の顔を、源太はチラリと見た。

「いやあ。わしも神様を信じちょるけど、しかし今時そぎゃんことがあるかね？」

ええ、と雅は真剣な顔で答える。

「その神様の存在や、その祟りを信じている人間がいる限り、何かしらの『祟り』が起きます。というのも、その神様に対して何事か不敬な出来事があれば、その信者は『何とかしなくてはならない』と感じるから。そして、その思いを現実的な行動に移してしまうと――祟りが顕現するんです。祟りの本質って、そういうもんです」

ほぼ水野の受け売りだったが、雅自身もこの意見に同意しているので、そのまま伝えた。すると源太も、

「なるほどねえ」と顎髭を撫でた。「そう信じ込んじょる『人間』が、結果的に祟りを起こしてしまうこともあるていうわけか。そーなら分かるよ」

本当のことを言うと雅は、ただそれだけでは説明のつかない現象も実際にあると思っている。

でも、それを喋りだしてしまうと、話がとんでもなく長くなる。だから、今はそこまでにしておいた。

源太が「うんうん」と納得した時、運転席の携帯が鳴った。源太は、

「おう！　刑事さんだわ。ちょっとすまんな」

と言って、すぐに車を道路脇に停めた。そして、

「はいはい。ちょうど今、向かっちょります。はいはい」

などと話している途中で、電話口を手で押さえると、

「例の刑事さんだよ」

と雅に教えてくれた。そこで雅は無言のまま源太を拝み、自分の顔を指差した。それを見て、源太も頷く。電話を代わって欲しいという意志が通じ、話が一段落したところで源太は、

「刑事さん、ちょっと待ってもらえますかの」と言うと、「はいよ」と電話を雅に手

渡してくれた。

雅は「すみません」と頭を下げて、電話を耳に当てて名前を言うと、相手は松原巡査部長だった。

「どうして、あなたがそこに？」

驚いた声を上げる松原に、雅は、昨日からの経緯と今の状況を簡単に説明する。母親の知人に頼んで取ってもらった宿が、たまたま磯山さんの民宿で、雲南署に行くまでの間で少しだけ（！）奥出雲を案内してもらっている。その際に、色々と事件の話を聞きながら、今、木次の近くまでやって来ている――。

「そうですか。それはまた、凄いご縁だ」松原は言った。「それで、ご用件は？」

「はい……」

雅は一つ深呼吸した。

「実は、磯山さんからも話を聞いたんですけど――」

と言って、最近亀嵩周辺で亡くなる人が相次いでいること、そして今回は殺人事件まで。こんなことは、今まで聞いたことがないという。もしかしたらそれはきっと、あの近辺に棲んでいる恐ろしい鬼神の祟りかも知れない。そして、いわゆる「祟り」に関して、今、源太に伝えたのと同じ説明をした……。

「なるほど」と松原も頷いてくれた。「しかし、あの辺りの鬼神というと？」

「夜刀の神がいらっしゃるんです。決して犯してはいけない大怨霊が」

「それに関しては、我々として何ともお答えのしようがないんですが……。先ほど、似たようなお話を耳にしました」

「やっぱり、夜刀の神ですか！」

「いいえ。少し違って」

と言うと松原は、石宮久美や三隅誠一の話を、かいつまんで伝える。

「――ということらしいんですがね。まあ、事件の動機は人それぞれなので何とも言えないんですが、こんな話は民俗学的に見て、どうお考えですか？」

「私はむしろ、そちらの方面に関しては余り詳しくないので、はっきりと断言はできませんけど、その結果として夜刀の神の怒りを買ってしまったとしたら、その方は本心から祟りを恐れたと思います」

「その、何とかって言う神様の話はしていませんでしたけどね」

「でも、そこまで勉強されているんでしたら、全くご存じないということはないと思います。ひょっとすると、まだ口にされていないことがあるかも知れません」

「そうですね」先ほどの二人の態度に、どことなくそう感じていた松原は同意した。

「確かに、もう一度話を聞こうとは思っていました」

「それならば、ぜひ夜刀の神に関してもお尋ねになってください。この神は、八つの頭を落とされた八岐大蛇と、決して無関係ではないんです。だから、もしもこの事件がその神に絡んでいるとするならば」雅は、声をひそめた。「まだ、犠牲者が出てしまいます。ですから、その前に――」

「ちょっとお待ちいただけますか」

「はい……」

雅の返事で松原は電話から耳を離すと、送話口を手で押さえながら、後ろの藤平に振り向いた。

「橘樹雅さんからです」

「昨日の、東京の女子学生か」藤平も驚いたように頷いた。「何でまた？」

そこで松原は、今の会話を伝える。すると藤平は、

「また不思議なご縁だが、またしても変わったことを」

と苦笑する。しかし、すぐ真剣な顔つきになって言った。

「一昨日も彼女から話を聞いた時、何か変なことを言っていると思ったんだが、後か

ら考えると、犯人検挙に繋がっていた」

「それは確かに……」

「一応、話だけでも聞いておこう。しかも、第一発見者の磯山さんと一緒にいるというんだから、ちょうど良い」

「では、二人で一緒に雲南署まで来てもらいましょう」

「ああ。そうしてもらおう」

と頷く藤平を見て、松原は再び電話を耳に当てると、

「もしよろしければ、磯山さんとご一緒に、こちらにいらしていただけますか」

と、藤平の言葉を伝える松原に、

「でも……」と雅は言い淀む。「私、飛行機の時間があるので」

「今からだと、最終便ですね。それほど時間はかからないと思いますが、遅くなったら空港までお送りします。パトカーならば、十五分もあれば到着しますから」

「はい……」

雅は答えた。

松原が藤平に向かって頷き「それでは、後ほど」と言って電話を切った時、

「警部」

　と若い刑事が近づいてきた。

「鑑識と検案の結果が出ました」

「おう」藤平が答える。「それで、何だって？」

「やはり被害者の死因は、二回目の後頭部殴打でした。また、現場からは、あの三人以外の人物の足跡も特定されたようです」

「それは？」

　身を乗り出す藤平たちに、刑事は告げた。

「男性の靴跡のようです」

「何だとお……」

　藤平と松原は、思わず顔を見合わせた。

＊

　今の御子神との会話を、雅は要約して源太に伝えた。
　八頭——夜刀の神の話。

八岐大蛇や「八」の本当の意味。そして「オロチ」は普通の人間だったという話。金屋子神にまつわるいくつかの謎と、踏鞴の話。

源太は、その一つ一つに「ほう」とか「へえ」と頷きながら聞いていたが、雅の話が終わると感心したように言った。

「あんたらは若いのに、偉いな。最初から目の前にぶら下がってる謎もあるけど、それ以外にも、わざわざどっかから引っ張り出してきて、そいつを考えとるんだから」

その言葉を耳にして、

〝そういえば――〟

雅は、学生時代に受けた水野の試験を思い出す。

緊張感で空気がピンと張りつめた教室で誰もが固唾を呑むようにして、配られた問題用紙をめくる瞬間を待っていた。そして、試験開始の合図と共にめくった問題用紙には、たった一行の問だけが書かれていた。

「問。今日あなたがここで、素戔嗚尊について問われるであろうと予想した問題と、その解答を書きなさい」

教室中が一斉にどよめいた。

その時の試験監督には御子神もいたが、もちろん彼は顔色一つ変えることもなく窓の外を眺めていた。

雅が周りを見回すと、早速カリカリと書き始める学生。ペンを手の上で、くるくると回しながら考えている学生。頭を掻きながら苦笑いしている学生。椅子の背にもたれかかって、天井を仰いだままの学生。さまざまだった。

雅も、こんな問題なら楽勝。むしろどこかに、落とし穴でもあるんじゃないかと思ったけれど……実は、何重にも奥が深い問題なのではないか。

そう気がついて、呆然とその試験用紙を見つめてしまった思い出がある。

結局その時は、たとえば、

「素戔嗚尊は、日本神話に登場する男の神様です」

という解答でも、六十点で「可」だったと聞いた。

ちなみに雅は、あの講義の内容を、記憶している限り解答用紙一杯に書いたので、おそらく満点近いのではないかと思ったが、八十点だった。マイナス二十点の部分は何？　と水野に訊きたかったけれど、一応「優」だったので我慢した。

でも――。

今だったら、どういう答案が書けるだろう。

こうして実際に出雲や奥出雲をまわり、色々な人たちの話を聞くと、確かに御子神の言う通り、雅がギリギリでも「優」を取れたことが不思議に思えてくる。

自分は、殆ど何も知っていないんじゃないか。

物凄い自己嫌悪が、斐伊川の流れのように押し寄せてきた。

素戔嗚尊と八岐大蛇。

奇稲田姫と櫛。

結局、何も分からなかった。

たくさんの神社をまわったのに。

何度も何度も祈ったのに。

殆ど八つ当たりのように、滔々と流れる斐伊川を睨みつけた時、

〝斐伊川……〟


雅の背中を電流が走り抜けた。

思いきり目を開いて、気持ちよさそうに流れて行く斐伊川を見つめる。そして、

「すみませんっ」雅は源太に尋ねた。「磯山さんと話をされた『先生』のおっしゃっていた言葉は『比櫛《ひしつ》』で、比べるに櫛ですよね」

「ああ、そうだよ」

横目でチラリと見ながらハンドルを握る源太の隣で、雅は辞書で調べる。すると、

「比櫛。あるいは櫛比《しっぴ》。目の細かい梳《す》き櫛のこと。竹で作られた」

とあった。

そして、遥か昔の櫛の画像を見れば、魚の骨のように両側に櫛の歯がついていた。

〝やっぱり……〟

いい、これこそが「櫛」の謎じゃないか！

雅は急いで、木次線の中、乱暴な字で書きつけた自分のメモを取り出すと、改めて眺め直した。

・「櫛御気野命《くしみけぬ》」
・「奇稲田姫」
・「天照国照彦火明櫛玉饒速日命《あまてるくにてるひこほあかりくしたまにぎはやひ》」
・「櫛玉命」

・「櫛玉《くしたま》比売」
・「倭大物主櫛甕玉《くしみかたま》命」
・「玉櫛《たまくし》姫」
・「櫛明玉《くしあかるたま》神」
・「櫛八《くしや》玉《たま》神」
・「八櫛《やくし》神」
・「櫛田《くしだ》神社」
・「櫛石窓《くしいわまど》神社」
・「槵触《くしふる》神社」
・「槵触峯《くしふるだけ》（久士布流多気）」
・「別れの御櫛《みぐし》」
伊勢神宮に天皇の名代として奉仕する未婚の内親王、または女王が伊勢の「斎宮」として旅立つ際に、天皇自ら彼女の髪に挿す櫛のこと。
・『書紀』神代上の大己貴神——大国主命の部分に登場する「幸魂《さきみたま》奇魂《くしみたま》」。

ふうっ、と雅は大きく溜息をつく。

どうしよう。

またしても気が進まないけど、とっても嫌な気分にさせられるけど……どうしても一点だけ確認しなくてはならない。

でも、その確認さえ取れれば、そして雅の考えていることが正しいと分かりさえすれば、ずっと雅を悩ませていた「櫛」の謎が綺麗に解決する！

〝よしっ〟

雅が再び意を決して携帯を取り出そうとした時、

「もうすぐ着くよ」

運転席から源太が呼びかけてきた。そして、チラリと雅を見た。

「どうする？　先に電話するかね。それとも警察へ？」

雅は少し考える。

電話は長くなりそうだ。今は先に藤平たちの用件を済ませてしまった方がいい。雅は携帯を閉じて、源太に言った。

「雲南署へ、お願いします」

《縺《もつ》れ雲》

藤平と松原は雲南署の狭い部屋で、三隅誠一と向かい合って座った。何となく変な雰囲気を敏感に察したのか、誠一はモゾモゾと落ち着かない。

こうやって誠一から話を聞く前に、松原から磯山に電話を入れさせて正解だった。まさか、あの女性――橘樹雅と一緒にいるということまでは考えていなかったが、とても良い情報を得ることができた。

確かにそうだ。

神が実在しているかどうか、それは藤平の知るところではない。しかし「実在している」と心から信じている人間にとっては、間違いなく実在する。

ということは――。

「実は三隅さん」と藤平は、誠一に向かって口を開いた。「石宮久美さんは、こんなことをおっしゃっているんですよ」

と言って、久美が取ったあの行動と、その動機を誠一に話す。

「いや……」誠一は、俯き加減で答える。「彼女がそう言うなら、その通りなんでしょう」

「しかし、現場を見る限りでは、石宮さんの証言と食い違っている。なので、実は我々は、少し怪しんでいるんです」

「とおっしゃると?」

「被害者の後頭部の傷は、二つとも石宮さんがつけたのではないか、と」

「とどめを刺したと言うことですか! そんな。彼女がどうして?」

「それほど、被害者の斎木裕子さんを恨んでいたのではないでしょうか。八方塞がりとか、五黄殺だか暗剣殺だかを犯したとかで、非常に憤っておられましたのでね」

「いや、その理論は間違っていません!」

そうですか、と藤平は困ったような表情で誠一を見た。

「しかしそうなると、また問題が起こります」

「それは?」

「石宮さんは、被害者と葛城さんの体調不良とは無関係ではなく、彼を守るために被害者を呼び出し、口論の末思わずああいう行動に出たと言っている。そうすると、念のために葛城さんからもお話を聞く必要ができてしまいました。可能であればすぐにでも事情聴取をしなくてはなりません。そして、本当に石宮さんにそんなことを教えたのか、という確認を取らなくては」

「でも、その確認が取れたとして、お二人はどうなるんですか？」

「少なくとも」松原が代わって言った。「どちらかが、あるいは二人とも、罪に問われることは間違いないでしょうね。何しろ、殺人事件ですから」

その言葉に、

「ああ……」

と誠一は頭を搔きむしると、固く目を閉じた。

やがて――。

両肩を激しく震わせると、何度も何度も大きく深呼吸して、思い詰めたような目つきで自分の手のひらをじっと見つめ、意を決したように口を開いた。

「ぼくです……」

「今、何と？」

「ぼくが……裕子さんを」誠一は、藤平たちを見た。「申し訳ありませんでした……」

その言葉に、藤平と松原は視線を交わす。そして頷き合うと、松原が尋ねた。

「あなたが、斎木裕子さんを殺害したとおっしゃるんですね」

「はい……」

「間違いないですね」

「……間違いありません」

その言葉に松原が藤平を見ると、

「実はね」と藤平は言った。「現場から、発見者の磯山さん以外の男性の足跡が一組確認されましてね。これに関しても、あなたに伺おうと思っていました」

「そう……ですか。それは間違いなく、ぼくのものです」

「我々も、その可能性が高いのではないかと考えていました」

「では何故、久美さんの話を？」

「そうすれば、あなたがご自分から口を開いてくれるのではと思ったんです」

「なるほど」

苦笑いする誠一に、藤平は言う。

「では、当日の状況をできる限り詳しく話していただけますか」

「はい……」

と答えると、誠一は俯いたまま、ポツリポツリと話し始めた。

あの日。

裕子から連絡があり、久美から呼び出されたけれど気味が悪いから、こっそりついて来てくれと頼まれた。きっと、葛城との関係を問い質そうというつもりだろうから、もしも揉めた時、後で証人になってくれという話だった。但し、久美には絶対に内緒で。

誠一は、葛城が裕子を気に入っていたことは知っていたし、自分は久美が気になっていたので了承した。

すると、渓流沿いの現場で言い争いが始まり、止めに入ろうとしたその瞬間、久美はいきなり裕子を岩の上に突き飛ばして逃げてしまった。

一瞬呆気に取られたが、すぐに誠一が駆け寄って覗き込むと、やがて裕子は意識を取り戻した。誠一が抱え起こして岩の上に座らせると、裕子は鬼のような形相になって久美の悪口をまくし立てた。しかも、

「それだけに留まらず」誠一は震えながら言う。「葛城先生の悪口までも！」

少し素敵な男性だったから近づいた。そして、一度だけ関係を持った。でも、一度関係を持ってしまったら、あれこれ口うるさく言い出した。天道だ、大将軍だ、本命《ほんみよう》的殺《てきさつ》だ、月破《げつぱ》だ……。それで鬱陶しくなって、わざと五黄殺と暗剣殺で旅行して、戻

ってきたら、

「もう一度、先生と関係を持とうと思ったと言うんです」誠一は叫んだ。「これは、立派な殺害予告だ！」

「落ち着いて、続きを」

藤平に促されて、誠一は「……すみません」と謝ると続ける。

そんな話をしている時、誠一もある重大な事実に気がつき、真っ青になった。

そこで、裕子の殺害を決心し、裕子が久美の去って行った方角を見つめて文句を言っていた隙を見て、彼女の体を思いきり後ろに突き飛ばした。二度も続けて後頭部を岩に打った裕子は、さすがに再び起き上がることはなく、岩の上に赤黒い血が広がった。誠一は、裕子の体を渓流に突き落として流そうと試みたが、失敗。途中の岩場で引っかかってしまった。

「でも」誠一は言う。「彼女の愛用していた櫛は流れて行ったので、少しは救われたのではないかと思いました」

「救われた？」

藤平の質問に誠一は「はい」と答えて「水に流す」意味を説明する。別に、遺体を流して殺人を隠蔽しようとしたわけではなく、裕子という「穢れ」を、この世から流し去りたかった——。

「だから！」誠一は訴えた。「神掛けて石宮さんに罪を負わせるつもりは毛頭ありませんでした。もしも彼女に強い嫌疑が掛かった時には、こうやって自白する決心はしていました。何故ならば——」

誠一は顔を上げて二人を見た。

「ぼくは間違ったことをしていない、い、い、い、いないから」

つまり、と藤平は静かに問いかける。

「被害者が『八方塞がり』の『一白水星』なのに『五黄殺』の南へ行き『暗剣殺』で帰って来た。しかも、その悪気を葛城さんに付着させようとしたから、という理由ですね」

「それだけではありません。彼女が出かけたのは『日破《にっぱ》』でしたから、年月日全てが真っ黒。殆ど、これ以上ないという悪日でした」

「そういうことですか」

「でも！」誠一は憤る。「そこまでだったら、ぼくも彼女を殺そうと思わなかった。しかし、さっきも言ったように、もっと酷いことに気づいたんです！」

「『ある重大な事実』？」

「はいっ」

「それは？」

藤平が尋ねた時、部屋のドアがノックされ「磯山さんと、橘樹さんが来られました」と若い刑事が告げた。そこで藤平は、

「少しだけ、待っていただいてくれ」と答えて、再び誠一に向き直った。「それは一体、何ですか？」

＊

降らずとも竹植《う》る日は蓑と笠

という松尾芭蕉《まつおばしょう》が美濃国大垣《みののくにおおがき》で詠んだ句がある。「たとえ雨が降っていなくても（五月十三日に）竹を植える際には、蓑笠を身に着けて作業をするのが望ましい」というものだ。竹は、陰暦五月十三日に植えると、良く育つといわれていて、その日が「竹植る日」と呼ばれたらしい。

そこまでは、何も問題ない。

ところが、どうして芭蕉が蓑笠姿を望ましいと感じたのか、という理由がどこにも解説されていない。一般的には、これは芭蕉の美学なのだとか、蓑笠姿は旅装なので風雅だ、とか言われている。

でも、

〝そんなわけない〟

雅は、苦笑いした。

雲南署で源太と二人、ベンチシートに腰を下ろしている。少しだけお待ちくださいと言われたのだ。すぐに藤平たちがやって来るという。

その短い時間で、雅は思い返す――。

竹が、芭蕉の美学にも風雅にも無関係と推察されるのも（これも水野の受け売りだけれど）一般的にめでたいとされる「松竹梅」のどれもが実は不吉で、特に竹は松と並んで非常に忌まれていたからだ。

たとえば、

「竹で家の周りを囲むと家が滅びる」

「屋敷内に竹を植えると誰かが早死にする」

「北側に竹藪を造ると貧乏になる」

「嘘を吐くと腹に竹が生える」

「床下に生えた筍を食べると生まれた子が泥棒になる」

「筍を指差すと指が腐る」

というような言い伝えはたくさん残っているし、ある書物によれば、

「落語の世界では、与太郎がアホの代名詞として、しばしば使われてきたように、下女・端下女《はしため》・婢の代表的な名前が『お竹』（あるいはお松）であった」

とまで書かれてしまっている。

更に『倭訓栞《わくんのしおり》』には、

「禁中ならびに堂上には、門松を飾ることなし」

と、はっきり書かれている。つまり、正月にそのようなモノを飾るのは、賤しい庶民だけ――いわゆる「賤《しず》が門松」なんだと。

そこまで言われなくてはならない理由は何だったのか？

雅は再び、水野の講義を思い出す――。

「竹が忌まれていた理由は、非常に単純です。それは、竹の構造が筒状になっているために、踏鞴の吹子として使用されていたからです。そこで『筒《つつ》』は、当時の朝廷の

人々にとって、非常に嫌悪すべき対象となりました。はい、きみ。『筒』という文字を持っている神は、誰がいますか？」

男子が答える。

「ええと、筒男神《つつのお》――底《そこ》筒男・中《なか》筒男・表《うわ》筒男の、住吉《すみよし》神です……」

「そうですね」水野は、ニッコリと笑った。「ということは『鹽土老翁《しおつちのおじ》』ということですね。『鹽土』は『潮筒《しおつち》』とも書けますから。あと、他には？」

答えがなかった。すると水野は、

「非常に重要な神様がいらっしゃいますが、ここでちょっと一捻りしなくてはなりません」と言って黒板に向かうと『筒』をひらがな表記して『つつ』と書いてみましょう」

大書して、雅たちに向いて質問する。

「これは何ですか？」

すると教室の数ヵ所から、

「……星です」

という声が聞こえた。

「その通りです」水野は微笑む。「『枕草子』第二三九段にありますね。『星は、すばる、ひこぼし、夕づつ』云々と。この文章に関することや『昴』『彦星』についても非常に興味深い部分ではありますが、今は一旦置いておきましょう。さて、この『夕づつ』とは何でしょう。『和名抄《わみようしよう》』を見ると『太白星《たいはくせい》のこと』と書かれていますが、では、この『太白星』は？」

「……金星ですか」

最前列の女子が答えると、

「正解です」水野は言った。「辞書を引けばすぐに分かることですから、もっと自信を持って答えてください。『太白星』は、金星の漢名です。つまり、『夕づつ＝太白星＝金星』となるわけですが、ここからが重要な話になります」

水野は雅たちを見回した。

「陰陽道では、この太白星は『太白神』という方角神になっています。この星のある方角は、全てが凶。一切の行動を避けるべしといわれました。いわゆる『金神《こんじん》の方角』ですね。金神は冷酷無残な戦いの神であるため、この方角に向かって窓を開けることすら忌まれ、恐れられました。それと同時に、わが国では『艮《うしとら》の金神』と呼ばれて、朝廷の人々から限りなく畏怖されている神がいます。それは」

水野は板書する。

『牛頭天王《ごずてんのう》＝素戔嗚尊』です。そのために、夜空に一際大きく輝く『つつ』である金星は、最大の『悪神』素戔嗚尊と考えられ、朝廷の人々を震え上がらせました。それがやがて『星』という呼称だけでも、不吉な物と認識されるようになりました。その名残が、現代までも続いていますね。たとえば、隠語で『ホシ』は『犯人』であるとか『前科者』『犯罪者』。それが転じて『警察官』。また、相撲や江戸の吉原でも『星』という言葉が使われましたが、こちらに関してはまた別の長い話になりますので、今日は止めておきましょう」

水野は微笑んだ。

「それよりも『星』＝『筒』が、昔からとても忌まれていた証拠として、こんな言葉が残っていますーー」

水野の講義は続いた。

〝つまり……〟

雅は思う。

非常に不吉で、朝廷の人々から嫌悪され敬遠されていた「竹」を植えて、その生長を願おうとするのであれば、やはり畏怖され神逐いされた素戔嗚尊と同じ、、、「蓑笠姿」

で植えるのが良い、ということだ。私もあなた方の仲間なんですから、立派に竹を育ててくださいという主張。まさに、六月《みなづき》の夏越大祓《なごしのおおはらえ》で行われる「茅の輪くぐり」と同じ思考形態。

実に、論理的ではないか。

というより、当時の人々の素戔嗚尊に対する愛情と畏怖を強く感じる。

また同時にこの姿は、

〝案山子だ……〟

雅は、一人納得する。

それほどまでに忌まれた「竹」で「櫛」は作られた。

「黄泉国から逃げる伊弉諾尊は、追って来る鬼女たちに向かって櫛を投げつけた。するとそれは『筍』に変わった。これは、当時の櫛が『竹』で作られていたことに由来するといわれている。竹には、生命力が溢れているためといわれている」

という説もある。でもこれも、

〝最後の部分が、違う〟

違う、というのは言い過ぎかも知れないけれど、水野ほど本質を衝いていない。

「竹」はあくまでも「不吉な呪物」なのだ。

そして、その「櫛」はといえば――。


「お待たせいたしました」

雅の思考は、松原の声に遮られた。

「昨日は、ありがとうございました」松原は雅に向かって軽く一礼する。「そして、磯山さんも。では、こちらにお願いします」

「それで」と源太は尋ねる。「事件の方は？」

「おかげさまで」と松原は答えた。「解決しました」

そして、事件の顚末を雅たちに説明する。

久美が裕子を突き飛ばし、更に誠一によって改めて殺害された。遺体は斐伊川に流そうとして流せなかったが、身代わりとして「櫛」が流れたので、誠一は納得した。

その殺害の動機としては、裕子がわざと凶方に行って悪気を持ち帰り、葛城までも巻き込もうとした。そして更に――。

「彼は、こんなことを言ったんです」藤平は苦笑しながら、雅に伝える。「その方角は『金神』だったと」

「金神！」雅は叫んだ。「『仮名暦略注』や『和漢三才図会《わかんさんさいずえ》』にも書かれていて、江戸の庶民には非常に恐れられていた方角です。というのも、金神は牛頭天王で、素戔嗚尊だから！」

「そうらしいですな」藤平は言う。「彼もそう言っていました。そして、金神のいる方角を犯すと——」

「金神七殺《しちせつ》！」

「さすが、よくご存じですね」藤平は頷く。「本人を含めた家族七人を殺し、家族がいなければ近隣の人間まで殺す、と。しかし、被害者には家族が既におらず、本人もまだ死んでいない。ところが彼女の周囲では、交通事故で二人、脳梗塞で一人亡くなった。また、先日の松江の事件では、奥出雲出身で誠一の姉の三隅純子が亡くなっている。それ以前には、やはり奥出雲出身の、菅原陽子《すがわらあきこ》が殺害された」

「刑事さんたちが担当された、黄泉比良坂の事件ですね」

ええ、と藤平は首肯する。

「これで、計五人。あと二人死ななくてはならない、と彼は言いました」

「そんな……」

「しかし——当たり前の話ですが——彼としても、これ以上誰かが死ぬのを見ていられなくなった。しかもこのままでは、葛城の命も危うい。そこでまず、被害者に死んでもらおうと思ったそうです。その上被害者は、一度死にかけている。だから、ここで本当に死んでもらえれば二回死んで、七人となって『金神七殺』は終了する。更にその遺体を、斐伊川に『流して』しまえば、全てが終わる」

「そんなバカな！」

叫ぶ源太に、

「しかし、本人はいたって真面目でした。そして、この正しい行いが罪に問われるのならば、何も文句はないとまで」

「そげなこと言ってもな――」

憤る源太の横で、雅は首を横に振ると、

「だから」と言って、悲しそうに微笑んだ。「そ、それが祟りなんです」

「ああ……」

絶句する源太に、そして雅に向かって、藤平は礼を述べた。

「色々とご協力、ありがとうございました。橘樹さんは、我々が空港までお送りしましょうか」

すると、

「いや」と源太が言った。「わしもこの人に、ちょっとお礼を言いたいんで、わしの車でお送りします。まだ時間はあるし」

「そうですか」藤平は頷き、松原と共に頭を下げた。「本当にありがとうございました。では、我々はここで」

源太の車に乗り込み、空港への道を走りながら、雅は助手席から尋ねた。

「お礼って、何ですか？　私の方こそ、磯山さんにこんなにお世話になってしまっているのに」

いやや、と源太はハンドルを握ったまま照れ臭そうに答えた。

「実はわしも、八岐大蛇の真実を知りたかったのさ。ていうのも、ここら辺では斐伊川が八岐大蛇だってなっとるが、それだけじゃ納得できんでいたんだ。例の『先生』の話以来ずっとね」

「ああ……」

「だもん、それで町おこしや村おこしをしちょる以上、わしとしても反対できへんだった。まあ、実際そうだったとしても、それはそれで面白いしね」

源太の髭面が笑う。

「でも、今日、あんたの色んな話を聞いて、やっぱりと思って納得でけた。自分の胸の中だけにしまっておくとしても、つかえが取れたよ。まあ、ちょこっとだけ残っとる部分はあるけどな。とにかく、一所懸命に案内した甲斐があったってもんだ。ありがとな」

「いえ……」

何故か涙が出そうになりながら、雅は頷く。

出雲空港の管制塔が見えてきた。もうすぐ到着するだろう。

でも、

雅の頭の中で疑問が再び湧き起こる。

〝結局その「先生」は誰だったの？〟

＊

出雲空港に到着すると、雅は急いで搭乗手続きと保安検査を済ませて待合室に入り、研究室に電話を入れた。

すると珍しいことに、波木が出た。

雅が挨拶すると、

「ああ……」とても不機嫌そうに言う。「准教かと思ったから」

「御子神先生、ご不在なんですか？」

だから受話器を取った、ということか。

「今は私一人。准教も、すぐに戻って来ると思うわ。じゃあまた――」

「ちょ、ちょっと待ってくださいっ。お願いがあるんです」

どうせ不機嫌で不愉快なんだろう。それならば、不愉快ついでに頼んでしまえ。雅は、思い切って口にする。

「すみません。今、旅先なので手元の資料だけじゃ調べきれないんです。かといって、図書館に行くような時間もなく――」

「なあに。早く言って」

「一点だけなんですけど」

「じゃあ、戻ってきてから調べたら」

「い、いえ、早い方が良いかなと思って。あ、あの」電話を切られないうちに雅は畳みかける。「『字統』で調べていただきたいことが！」

「何を？」

「斐伊川の『斐』という文字が、『櫛』と関係しているんじゃないかと思ったんです。すみません、ぜひお願いします」

「それだけ？」

「はいっ」

「調べるまでもないわ」波木の、気の抜けたような声が届く。「もちろん、関係、して、い、る」

「えっ」

「『斐』は『美しい・明らか・なびく・麗しい』という意味。『櫛』はそのままで『クシ・梳《くしけず》る』。但し、『斐』の声符《せいふ》——発音を表している部分は上部の『非』で、非常の『非』。そしてこの文字は、それだけで『梳き櫛』を表している。というのも、これは櫛の歯が魚の骨のように左右に並んでいる形で、古くは『非余《ひよ》』といった」

思った通りだった。

急に鼓動が早くなる雅に、波木は静かに言う。

「もちろん、この『非』は『背く・悪い・あらず』そして『正常ならざるものの意』」

やった！

雅は、心の中で快哉を叫ぶ。

予想通り「櫛」＝「非」だったんだ！

「だから！」と雅は波木に向かって言う。

「素戔嗚尊にも、奇稲田姫にも、饒速日命にも、そして天照大神にも、全て『櫛』の文字が宛てられていたんですね。全員が、朝廷に背く悪神だったから。ということは、大国主命のもとを訪れた『幸魂《さきみたま》 奇魂《くしみたま》』の『奇魂』は『非魂《くしみたま》』だった！」

「そういうことでしょうね」

波木は、あっさりと答える。

「その辺りに関しては、古神道の『一霊四《いちれいし》魂《こん》』が絡んでいるようだけど、そこでは『幸魂』は人々に幸せを与え『奇魂』は人々に奇跡を与えるので『櫛』と示される、といわれているわ」

「どうして、奇跡を与える魂が『櫛』なんですか？」

さあね、と波木は突き放すように言う。

「一般的に言われている話では、櫛は霊的な力を宿すとみなされていて、実際に伊弉諾尊が黄泉国で鬼女に襲われた際に、櫛を投げてこれを防いだ。また、弟橘《おとたちばな》媛に関する伝説もそう。弟橘媛はもちろん知っているわね」

日本武尊《やまとたける》の后で、彼の東征の際に、海神の怒りをなだめるために、彼らに代わって海に身を投げたとされている女性だ。但し、この伝説に関して御子神は「不本意ながら犠牲になった」と言っていた。その真意をまだ雅は理解していないけれど、弟橘媛を祀る地域には「橘樹」という名称が多く残っているようだ。

「橘樹《たちばな》雅ですので！」

「『古事記』によれば」と波木は続ける。「弟橘媛の櫛が海辺に流れ着いたので、これを遺体の代わりとして、御陵《みささぎ》に収めたというし、また『播磨国風土記』賀古郡《かこのこおり》の条には、別嬢《わきいらつめ》という女性を葬る時、遺体が河に流れてしまったが、櫛と褶《ひれ》だけが見つかったので、代わりにそれらを埋葬したと書かれているわね。そんなことから『櫛』は、身に着けていた女性の魂が籠もっていると考えられた――と言われているけど」

波木は嗤った。

「決して、それだけの理由じゃない。今、あなたが言ったような意味も含んでいた。だから、怨霊と同じ扱いを受けた。日向国・高千穂の『槵触峯《くしふる》』の『槵』も怪しいわ。木偏に『患』。患はもちろん『患う・憂える・苦しむ・悩む・心配』」

「確かに……」

「それに、大国主命に戻って言えば、『奇魂』と一緒に訪れたのは『幸魂』だし」

「え？」

「『幸』は今でこそ良い意味しかなくなっているけれど、もともとは『手枷《てかせ》』のこと。ゆえに、罪人を捕らえることを『執』といい、また報復刑を加えることを『報』という」

「そう……なんですね」

「だから、この『幸』は『辛』と似ているんでしょうね。『辛』は入れ墨に使う針のことで、罪という意味も持っているから。でも『幸魂』に関しての『幸』は、また違う意味も持たされてる」

「それは？」

尋ねる雅に、波木は静かに答えた。

「もちろん『裂《さき》』で、裂かれた魂よ。そんな名前の神様もいたでしょう」

櫛八玉神だ！

八は「捌」でバラバラにすること。裂くこと。

しかも丁寧に「櫛」までついている。

裂かれた「櫛」の魂の神。

唖然とする雅に、

「そして」と波木は続けた。「その『幸魂奇魂』は、奈良の三輪山に住まわれた、大物主神。つまり、櫛玉饒速日命」

「あっ」

雅も、まさか「櫛」がここまで展開してくるとは思わなかった。

「で、でも『櫛』が『非』だとすると、ひょっとして『罪』とも関係してくるんでしょうか?」

「五経の一つ『礼記《らいき》』にも、櫛は障りあるものというようなことも書かれているし、そもそも『罪』の正字は現在の物とは違うのに『非』が用いられているんだから、当然関係しているでしょうね」

「斐伊川の『斐』も?」

「斐の文字に関しては、今言ったように美しい意味以外にないから、これ以上は何とも言えない。でも、『悲』を容易に連想させるし、『非』の下に『文』というのも意味ありげね。というのも『文』は入れ墨のことで、呪飾《じゅしょく》を表しているから」

「ああ……」

雅は、待合室の天井を仰いだ。

やはり「櫛」は「非」で悪神。

ゆえに「奇魂」は「非魂」。

さらに「幸魂」は「裂魂」……。

そして「比櫛」である、斐伊川。

まさに御子神の言う通り、答えは最初から雅の目の前にあった。水を湛えて滔々と流れていたではないか。

携帯を握りしめたまま呆然としている雅の耳に、

「ああ、准教」波木の声が飛び込んできた。「橘樹さんからです」

そして電話の向こうで、何やら話す声が聞こえた。どうやら御子神が戻ってきて、波木が今までの会話を伝えたようだった。

「じゃあ、准教に代わるわね」

波木はあっさりと言って、今度は電話口に御子神が出た。

「櫛の謎がようやく解けたようだが」いきなり喋りだす。「大体、その通りだ。もう三十年も前の話になるが、早稲田大学教授の福島秋穂《ふくしまあきほ》さんが『記紀載録神話に見える櫛の呪力について』という論文を発表された」

雅の頭の中にずっと引っかかっていた、櫛について書かれた誰かの論文。やはり、御子神も知っていたのか。当たり前と言えば当たり前だけど。

御子神は言う。

「その論文の中に『櫛の有する呪力（降魔力《ごうま》）を背景にしてのものであろうとするだけで、一体何故に櫛にそのような力能があるとされたのかについて言及する者もまたほとんど無かった』と書かれている。また、素戔嗚尊が八岐大蛇と戦うに際しても、奇稲田姫を櫛に変えるより、剣や矛に変えた方が有利だったはずなのに、あえて櫛に変化させている――などという、非常に興味深い論が展開されている。しかし、何故、櫛に呪力があると考えられたのかという点に関しては『饒舌である者たちのほとんどが、何故か沈黙を守り』とある。さて、ここで問題だが」

御子神は一息ついて続けた。

「ここで人々が『何故か沈黙を守』ってしまう理由として、二通りの解答が考えられる。一つは『知らない』。もう一つは『知っていても答えられない』。きみは、どちらだと思う？」

おそらく、と雅は首を捻りながら答えた。

「単純に、知らなかったんじゃないかと思います。だって私も、福島さんの論文をどこかでチラリと読んだことはありましたけど、その他の方が『櫛』について書かれている論文は見たことがありません。解答が分かっているならば、少しは表に出て来るんじゃないかって思います。それで――福島さんは、結局何と？」

「竹は『生命力の横溢する物』なので『生とは対極的な立場にある魔的存在態に対抗する際に有効な働きをする』と書かれている」

「ああ……」

雅は嘆息した。

その説は、決して間違いではないし、むしろ非常に鋭い部分を突いている。

でも――残念ながら、まだ先がある。

真実は、もっとおどろおどろしいことなのではないか。暗い情念を伴った歴史を秘めているんじゃないか。

そんなことを伝えると、

「ほう」御子神は言った。「では、きみの考えは？」

「櫛は『非』であり、なおかつ『竹』は不吉で忌まれるべき物だったからです。ゆえに、強力な呪力を持っていた。まさに『忌み櫛』だった」

と言って雅は、水野から教わった「竹」に関しての禁忌や言い伝えを話す。そして「竹」は何といっても「筒――ツツ」つまり踏鞴とも関連していて、そのまま素戔嗚尊たちに通じる……。

雅の話が終わると、

「ぼくも同じ意見だ」と御子神は珍しく肯定した。「『竹の生命力』という点に関しては反対しないが、もう一つ深い理由があったと考える方が自然だ。何しろ、その『竹』で作られた『櫛』は、強力な呪物であり、同時に朝廷からは『非』と考えられ畏怖された。そうでなければ、あれほどたくさんの、しかも怨霊神と考えられる神々に『櫛』の文字を冠しないだろうからな。橘樹くん」

「はい」

「今回は、良く考えた」

「あ、ありがとうございますっ。御子神先生のおかげです」

「ぼくは何もアドバイスしていない」御子神は一転して突き放す。「これで用事は済んだのか？」

「あ……いえ」

雅は時計を見る。そして、まだ搭乗開始まで少し時間があることを確認すると、御子神に言った。

「あの……もう少しだけ、よろしいでしょうか？」

「少しだけならば」

「実は――」

雅は、ずっと心にわだかまっている、二つの質問をぶつけることにした。この際だ、出雲を離れるに当たって全部訊いてしまおう。すっきりして東京に帰る。

「結局、案山子って何だったんでしょうか？　もちろん踏鞴や素戔嗚尊に関係しているとは考えていますし、東京に戻ったらもっと詳しく調べるつもりではいます。いえ、帰りの飛行機の中でも――」

「あれは、蓑笠《さりゅう》だ」

「さりゅう……」

「授業で習っただろう」

「すみません」雅は謝る。「多分私、その回だけ風邪で欠席していて……」

「民俗学者の吉野《よしの》裕子《ひろこ》は、こう言っている。

『「カカシ」に共通するものは、蓑笠を着せ、手に箒・熊手をもたせ、また「カカシ」を山の神として祀っている点である。蓑・笠・箒は、私のみるところではいずれも蛇を象徴するものである』

とね」

「蛇……ですか」

「更に、

『各地の歳神にみられる共通点として次の点が挙げられる。
①一本足である。
②海または山から来る。
③蓑笠をつけている』
『蛇が「山カガシ」「カガチ」といわれるように、「カカシ」の名称自体がすでに蛇を表わしている』

ちなみに、こうも言っている。奇稲田姫の両親の、脚摩乳・手摩乳に関してだ。

『恐らくこれは宛字であって、本来は、足無霊《アシナッチ》、手無霊《テナッチ》であろう。四肢のないのは蛇の一大特徴だから手足のない神霊とは蛇をおいて考えられない』」

「ああ……」

「まあ、どちらにしても『カカ』は確かに、蛇の古語だったわけだからな」

「それで『カカシ』……」

「但し」と御子神はつけ加える。「『天上を逐われた素戔嗚が蓑笠を着てさまよいつつ天降りしたというこの神話の原型は、むしろ蓑笠を着け、祖神として威厳をもってこの世に顕現する神であったろう』と書かれているが、ここはどうかな。この『祖神として威厳をもって』『顕現する』という部分を肯定してしまうと、案山子が『そほど』と呼ばれたことについての説明がつかなくなる。『そほど』という名称に関しては、もちろん知っているな」

はい、と雅は答える。

「『古事記』に出てきます。『謂《い》はゆるくえびこは、今に山田のそほどといふ』と」

「『この神は足は行かねども、尽《ことごと》く天下《あめのした》の事を知れる神なり』」御子神は雅の言葉を受けて続けた。「この『そほど』とは何だ？」

「案山子の古名です」

「そんなことを訊いているんじゃない。では、質問を変えよう。『そほ』は？」

「えっ」雅は眉根を寄せた。「ええと……」

「もちろん『赭《そほ》』だ」

と言って、御子神は字を教える。

「赭……」

「丹で辰砂《しんしゃ》で、水銀の原料だ」

「あっ。タタラですね。それで、一本足！」

「吉野裕子は、蛇だから一本足と言ったが、どちらにしても同じことで、沢史生《さわしせい》もこう言っている。

『片目神や片足神の伝承が、諸国に伝わる一つ目小僧や、一本踏鞴の大人《うし》など、妖怪譚への置き替えともなって、きわめて類似した形で表現されているように、片目片足の伝承に登場する主人公は、それが神であると妖怪であるとを問わず、一様に産鉄に関わっていたと見なせるからである』

というようにね」

「確かにそうです……」

一本足は「蛇」であり「踏鞴」の象徴。そして蓑笠姿は、素戔嗚尊に繋がる。どちらにしても「製鉄」だ。

御子神は続ける。

「ところがここで、『日本書紀』にこんな記述がある。神代下・第九段一書《あるふみ》第二だ。

『時に二《ふたはしら》（建甕槌神と経津主神）の神曰《かみもうさ》く、天《あめ》に悪しき神有り。名を天津甕星《あまつみかほし》と曰ふ。亦の名は天香香背男《あまのかかせお》』」

やはり「星」だ！

「その『かかせお』は、もちろん『案山子男』……？」

そうだ、と御子神は言う。

「そして、この『天香香背男』は『天津甕星』であると明記している。天津甕星に関しては『神威の大きな星』と解説されているが、これはもちろん――」

「素戔嗚尊ですね！」

「そして『蛇』だ。というのも、当時の人々は山で蛇を捕らえて来て、甕《みか》や、桶《おけ》や、笥《はこ》の中に入れて飼育しては『祖霊としてこれを祀っていた』というのだからな」

「そういうことですか……」

「その素戔嗚尊に関しては、『書紀』神代上《かみのよのかみのまき》・第七段の一書《あるふみ》第三が有名だ。素戔嗚尊が、青草を束ねた笠蓑姿で神逐《かみやら》いされ降って行く際に、神々に宿を請うたが、誰も素戔嗚尊に宿を貸す神はいなかった。

『爾《それ》より以来《このかた》、世、笠蓑を著《き》て、他人《ひと》の屋《や》の内《うち》に入ること諱む。（中略）此《これ》を犯すこと有る者をば、必ず解除《はらえ》を債《おお》す。此、太古《いにしえ》の遺法《のこれるのり》なり』――もしこれを犯す者があれば、必ず罪の償いを負わされる。これは大昔からの遺法であると書かれている。そして、この部分に関して今の沢史生は、こうも言っている。

『この書紀の記述には、重大な要素が二つ含まれている。蓑笠を着けた者、それに束ね草を負うた者を穢れの存在と見ているこの二点である。（中略）愛知県名古屋市の熱田神宮で行われた御葭神事や、同県津島市の津島神社における御葦流しは、疫神

（牛頭天王↓スサノオ）を簀巻にして水流に投じ、あの世送りに付する秘儀であった』――と」

水に流す、ということだ。

穢れたモノ、いや、我々の穢れをそのモノに押しつけて流し、全てをなかったことにする。「罪」を清算する……。

「この蓑笠《さりゆう》に関して言えば、素戔嗚尊の故事から『蓑《さ》』という言葉が、神や、その中でも特に怨霊神を指すようになっていった。たとえば『五月雨《さみだれ》』や『早乙女《さおとめ》』のようにね」

「五月雨や早乙女もですか？」

「『五月雨』は『サ・乱れ』で、蓑笠姿の田の神《さ》が乱れることだ。五月雨は別名を『淫雨《いんう》』とも呼ばれるが、その名称もここからきている。また『早乙女』は『サ・乙女』で、田の神に奉仕する乙女。直截的に言ってしまえば、田の神に捧げられる乙女だ。それこそ、弟橘姫のような人柱《ひとばしら》だな。やがて、この『早乙女』は時代が下ると、その雇い主に『捧げられる』ようにもなっていった」

「え……」

「あとは『神女《さめ》』の『サ・女』だ。一般的には、姫神の使神とされているが、恵比寿や河童、竜神などを指すようになっていった。全てが、素戔嗚尊関係だ。ちなみに、鹿児島地方の田の神である『タノカンサー』は、大黒天の姿をしている。これは、大黒天＝大国主命＝素戔嗚尊、という繋がりだろう」

そういうことだ。

殆どの伝承が素戔嗚尊に関与し、そして帰結する。それほどまでに、彼は大きな力を持ち、しかも「神逐い」されて大怨霊神となった。

そういえば。

雅は、ふと素戔嗚尊に関する水野の講義で出た学生の質問を思い出して尋ねた。

「素戔嗚尊が登場するのは、神話の時代ですよね。でも、踏鞴って五世紀——いえ、最近では三世紀かもと言われてます。そう考えたとしても、どちらにしろ時代の開きが大きいと思えるんですけど」

「その疑問は『記紀』と『魏志倭人伝』を読めば、すぐに解ける」

やはり、水野と同じことを言う。

東京に戻って調べようか。

雅が諦めかけた時、

「波木さん、それを取ってくれないか」御子神が、電話の向こうで言った。「ちょうど調べ物で『倭人伝』を読んでいたところだから、説明しよう」

「はいっ」

「つまり、箸だ」

「箸？　素戔嗚尊と箸というと、彼が肥（簸）の川上にやって来るきっかけとなった話ですか？」

「そうだ。『古事記』に、

『この時、箸《はし》その河より流れ下りき』

そのため、上流に人がいることを知った彼は、そこで奇稲田姫たちと出会う。しかし『魏志倭人伝』には、こう載っている。彼らが見た倭人たちは、『食飲には籩豆《へんとう》を用い手食す』と」

「つまり……？」

「飲食には高坏《たかつき》を用いて手で食べる——とね。この記事は、三世紀頃。当時、わが国に『箸』はまだ存在していなかったということになる」

「えっ」

「ゆえに、素戔嗚尊が八岐大蛇を退治したのは、当然それ以降の年代となる」

「神代の時代ではなく！」

「その辺りの時代をどう呼ぶかは勝手だが、どちらにしても素戔嗚尊が生きていたのは、三世紀以降だ。ぼくは個人的に、卑弥呼と重なってくるだろうと考えている」

なるほど……。

そう考えれば、色々な点で納得できることが出てくるに違いない。具体的には分からなかったけれど、雅は心の中で頷いた。

しかし今回、奥出雲までやって来て、ますます素戔嗚尊を身近に感じることができるようになった。

学生時代は、遥か昔の神話の登場人物に過ぎないと思っていた彼らが、現実に生きている自分たちと変わらない——いや、それ以上何倍もの辛い思いを味わわされ、酷くむごたらしい仕打ちを受け、「非《くし》」と呼ばれながら歴史の中に埋もれていった。

旅の終わりになって、殆ど予想もしていなかった結末を迎えたけれど、ここまで導いてくれた素戔嗚尊に、奇稲田姫に、大国主命に、そして出雲に坐《いま》す全ての神々に、雅は心の底から感謝する。

そういえば——。

源太が言っていた「先生」が気になって、まさかとは思ったが、

「急に変なことを伺っても良いでしょうか」雅は尋ねた。「御子神先生、奥出雲にい

らっしゃったことは？」

「もちろん、ある」

「いつですか？」

「大学を卒業してからすぐだから、もう二十年以上も前だ」

もしかしたら、その「先生」は御子神かとも考えたのだが、やはり違った。まあ、そうだろう。人に接する態度や雰囲気が、その「先生」とは全く違う。とすると、やっぱり水野なのか？

「もしかして水野教授は、五年前は痩せていた？」

「何を言っているんだきみは」御子神は、吐き捨てた。「そんなことより、元出雲はどうした」

「元出雲？」雅は首を捻る。「私がまわったのは、奥出雲です。元出雲って？」

「奥出雲は『奥』。元出雲は『元』だ」

「まだあるんですね！」

「この間は、それを言う前に、きみが電話を切った」

「……すみません。でも、元出雲って、何ですか」

「伊勢の元は、元伊勢・籠《この》神社。あるいは、三輪の檜原《ひばら》神社だ。そうであれば、それこそ、奥出雲にもあったんじゃないのか。八重垣神社の元である、元八重垣神社が」

あ……。

息を呑む雅に、御子神は言う。

「出雲の元は、元出雲だ」

「それって、どこですか？」

「京都だ」

「京都！」

「それすら知らないということは、きみは『出雲国風土記』の謎どころか『八雲立つ』の歌の意味さえ、全く理解できていないというわけだな」

「八雲立つ！」

そう。まさに今は、それを知りたい。

身を乗り出して口を開こうとした時、搭乗開始アナウンスが流れた。雅は、その質問をぐっと呑み込むと、

「長々と、ありがとうございました」

丁寧にお礼を述べて、電話を切った。そして荷物を肩に、次々に乗客が呑み込まれて行く搭乗口の列の最後尾に並んだ。

そして、思う。

元出雲。

当然、そこも行かなくては。

東京に戻ったら——いや、帰りの飛行機の中で、調べられるだけ調べる。

しかし今度は、

〝京都……〟

またしても、母・塔子とその友人にお願いしよう。この休み中に、どうしても足を運んでおきたい。

あと、今の御子神たちとの話も、お礼の手紙と一緒に源太に報せてあげよう。

雅はそう決めると、出雲空港発羽田行き最終便にゆっくりと乗り込んだ。

＊

雅からの電話が切れると、

「橘樹くんは、またしても何やら事件に巻き込まれたようだが」と御子神はニコリともせず、波木に告げた。「どうやら『櫛』に関する謎は、自力で解いたようだ」

「いいかげんそうに見えて、なかなか直感力があります」

資料から顔も上げずに答える波木に、

「どうかな」御子神は言う。「まだ、何も知らない子供だ」

「私も、無知な子供でした。水野教授に出会うまでは」

「そんなこともないだろうが」

御子神は苦笑する。

「ぼくは未だに、教授が彼女の入室を許可した理由が不明だ」

「教授は、彼女のそんな能力を見抜かれていたのかも知れません」相変わらず資料から視線を外さずに、波木は言う。「それで入室の許可を与えた」

「教授もきみも、彼女を少し買い被りすぎじゃないかね。ぼくはそんなに楽観してはいない」

御子神は、目の前に広げた『魏志倭人伝』を一文字一文字、丁寧に追い始めた。

《エピローグ》

島根県警に戻った藤平は、沈痛な面持ちで雲南署からの報告を聞いた。

三隅誠一は全てを自供し、供述書にサイン捺印までしたという。しかしその後、署員の隙を見て逃走。雲南署は、全署を挙げて捜索したが、つい先ほど、誠一の遺体が斐伊川から上がった。その場所は斐伊川の下流だったが、おそらく上流で飛び込み、そのまま流されてきたものと思われた。

遺書は特に見当たらなかったが、彼の足取りや、目撃情報などを考慮すると、覚悟を決めての斐伊川上流からの投身自殺に間違いはないようだった――。

藤平は、ふと思う。

ここ一ヵ月、亀嵩付近での交通事故死二人。病死一人。亀嵩の関係者が松江の事件で二人死亡。斎木裕子殺害。そしてここで、三隅誠一自殺。

〝まさかこれで「金神七殺《こんじんしちせつ》」の七人だってのか〟

いや、それはあり得ない。

というのも——藤平もさすがに気になって——死亡者に関して詳しく調べ直してみた。すると、松江の事件の三隅純子は確かに亀嵩出身だったが、殺害された菅原陽子は、奥出雲出身といっても亀嵩よりも木次に近い。だから、この一連の事件は、全て亀嵩近辺で起こったと一括りにできないのだ。

そうなると、全員で六人。

七人には一人足りない。

それとも誠一の言うように、裕子が二回殺されたとカウントして、これ以上の死者が出ないよう、誠一自らが斐伊川に身を投げたとでもいうのか？

〝バカな〟

藤平は一笑に付したかったが、松江から続くこの一連の事件を経験させられていると、単なる妄想やホラーとも思えなくなる。実際にそう考える人間が一人でもいれば「祟り」は起きるということを知ったからだ。

但しこれは、あくまでも「人為的な祟り」であって、暗剣殺だ、金神七殺だ、という話ではない。それだけは確信できる。

そもそも藤平たちは、現実の事件だけで手一杯なのだ。ここで、そんなモノに登場されてはたまらない。

藤平は苦笑した。

まあとにかく、そんなことも含めて、葛城徹に色々と訊かなくては。一体どこまで本気で、そういったことを考えているのかどうかも。

するとと、

「警部！」と松原が飛び込んできた。「例の、葛城徹なんですが」

「おう。どうした？」

「死亡した模様です」

「なんだと」

「それまでは快方に向かっていたんですが、突如容態が急変して、つい先ほど」

「なにい！　どういうこと――」

叫んだ藤平の頭の中に「金神七殺」という言葉が浮かんだ。

これで、七人。

七人の命を奪うまでは止まらない……。

これが彼らの言う「金神七殺」だというのか。

〝まさか、な〟

藤平は苦笑する。

単なる偶然だ。

たまたま六人が命を落とし、それらの出来事に不吉な影を感じていた葛城が続けて亡くなっただけ。

それ以外、どう考える？

背中に感じた冷たいモノを振り払うように、藤平は手にしていた報告書を、ポンと机の上に放り投げて松原を見た。

「念のため、その病院に行こう」

藤平が言って、二人は部屋を出た。

参考文献

『古事記』次田真幸全訳注／講談社
『日本書紀』坂本太郎・家永三郎・井上光貞・大野晋校注／岩波書店
『続日本紀』宇治谷孟全現代語訳／講談社
『続日本後紀』森田悌全現代語訳／講談社
『万葉集』中西進校注／講談社
『徒然草』西尾実・安良岡康作校注／岩波書店
『風土記』武田祐吉編／岩波書店
『出雲国風土記』荻原千鶴全訳注／講談社
『出雲国風土記探訪』加茂栄三／松江今井書店
『解説　出雲国風土記』島根県古代文化センター編／島根県教育委員会
『古代の出雲事典』瀧音能之／新人物往来社
『出雲神話の誕生』鳥越憲三郎／講談社
『〈出雲〉という思想』原武史／講談社
『出雲と大和』村井康彦／岩波書店

『伊勢と出雲　韓神と鉄』岡谷公二／平凡社
『古代出雲を歩く』平野芳英／岩波書店
『出雲と蘇我王国―大社と向家文書―』斎木雲州／大元出版
『蛇――日本の蛇信仰』吉野裕子／講談社
『鍛冶屋の母』谷川健一／河出書房新社
『姫神の来歴　古代史を覆す国つ神の系図』髙山貴久子／新潮社
『砂の器』松本清張／新潮社
『日本伝奇伝説大事典』乾克己・小池正胤・志村有弘・高橋貢・鳥越文蔵編／角川書店
『隠語大辞典』木村義之・小出美河子編／皓星社
『鬼の大事典』沢史生／彩流社
『図説　古代出雲と風土記世界』瀧音能之編／河出書房新社
『山陰の神々　神々と出会う旅』山陰の神々刊行会
『山陰の神々　古社を訪ねて』山陰の神々刊行会
『出雲神社探訪　出雲國風土記所載神社全３９９社』増尾敏弘／報光社
『石神さんを訪ねて　出雲の巨石信仰』山陰中央新報社

『金屋子縁起と炎の伝承　玉鋼の杜』安部正哉／金屋子神社
『奥出雲町の神話と口碑伝承』奥出雲町文化協会編／奥出雲町地域活性化実行委員会
「和鋼博物館　総合案内」和鋼博物館
「鉄人伝説・鍛冶神の身体」金屋子神話民俗館
「絵図に表わされた製鉄・鍛冶の神像」金屋子神話民俗館
「日本の神々と祭り　神社とは何か？」歴史民俗博物館振興会
「記紀載録神話に見える櫛の呪力について」福島秋穂／早稲田大学国文学会
『空の名前』高橋健司／角川書店

この作品は完全なるフィクションであり、
実在する個人名・団体名・地名等が登場することに関し、
それら個人等について論考する意図は全くないことを
ここにお断り申し上げます。

高田崇史オフィシャルウェブサイト『**club TAKATAKAT**』
URL:https://takatakat.club/　管理人:魔女の会
Twitter:「高田崇史@club-TAKATAKAT」
Facebook:「高田崇史Club takatakat」　管理人:魔女の会

『鬼神伝　神の巻』
（以上、講談社ミステリーランド、講談社文庫）
『軍神の血脈　楠木正成秘伝』
（講談社単行本、講談社文庫）
『毒草師　白蛇の洗礼』
『QED　優曇華《うどんげ》の時』
『古事記異聞　京の怨霊、元出雲』
『古事記異聞　鬼統べる国、大和出雲』
『試験に出ないQED異聞　高田崇史短編集』
『QED　源氏の神霊』
（以上、講談社ノベルス）
『毒草師　パンドラの鳥籠』
（朝日新聞出版単行本、新潮文庫）
『七夕の雨闇　毒草師』
（新潮社単行本、新潮文庫）
『鬼門の将軍』
（新潮社単行本）
『鬼門の将軍　平将門』
（新潮文庫）
『卑弥呼の葬祭　天照暗殺』
（新潮社単行本、新潮文庫）
『源平の怨霊　小余綾《こゆるぎ》俊輔の最終講義』
（講談社単行本）

《高田崇史著作リスト》

『QED　百人一首の呪《しゅ》』
『QED　六歌仙の暗号』
『QED　ベイカー街の問題』
『QED　東照宮の怨《えん》』
『QED　式の密室』
『QED　竹取伝説』
『QED　龍馬暗殺』
『QED ～ventus～　鎌倉の闇《くらやみ》』
『QED　鬼の城伝説』
『QED ～ventus～　熊野の残照』
『QED　神器封殺』
『QED ～ventus～　御霊将門』
『QED　河童伝説』
『QED ～flumen～　九段坂の春』
『QED　諏訪の神霊』
『QED　出雲神伝説』
『QED　伊勢の曙光』
『QED ～flumen～　ホームズの真実』
『QED ～flumen～　月夜見《つくよみ》』
『QED ～ortus～　白山の頻闇《しきやみ》』
『毒草師　QED Another Story』
『試験に出るパズル』
『試験に敗けない密室』
『試験に出ないパズル』
『パズル自由自在』
『化けて出る』
『麿の酩酊事件簿　花に舞』
『麿の酩酊事件簿　月に酔』
『クリスマス緊急指令』
『カンナ　飛鳥の光臨』
『カンナ　天草の神兵』
『カンナ　吉野の暗闘』
『カンナ　奥州の覇者』
『カンナ　戸隠の殺皆』
『カンナ　鎌倉の血陣』
『カンナ　天満の葬列』
『カンナ　出雲の顕在』
『カンナ　京都の霊前』
『鬼神伝　龍の巻』
『神の時空　鎌倉の地龍』
『神の時空　倭の水霊』
『神の時空　貴船の沢鬼』
『神の時空　三輪の山祇』
『神の時空　嚴島の烈風』
『神の時空　伏見稲荷の轟雷』
『神の時空　五色不動の猛火』
『神の時空　京の天命』
『神の時空　前紀　女神の功罪』
『古事記異聞　鬼棲む国、出雲』
『古事記異聞　オロチの郷、奥出雲』
（以上、講談社ノベルス、講談社文庫）
『鬼神伝　鬼の巻』

●この作品は、二〇一八年十月に、講談社ノベルスとして刊行されたものです。

|著者|高田崇史　昭和33年東京都生まれ。明治薬科大学卒業。『QED　百人一首の呪』で、第9回メフィスト賞を受賞し、デビュー。歴史ミステリを精力的に書きつづけている。近著は『QED　憂曇華《うどんげ》の時』『古事記異聞　鬼統べる国、大和出雲』『QED　源氏の神霊』など。

オロチの郷《さと》、奥出雲《おくいずも》　古事記異聞《こじきいぶん》

高田崇史《たかだたかふみ》

講談社文庫

定価はカバーに
表示してあります

2021年5月14日第1刷発行

発行者――鈴木章一
発行所――株式会社　講談社
東京都文京区音羽2-12-21　〒112-8001
電話　出版（03）5395-3510
　　　販売（03）5395-5817
　　　業務（03）5395-3615

Printed in Japan

デザイン―菊地信義
本文データ制作―講談社デジタル製作
印刷―――豊国印刷株式会社
製本―――株式会社国宝社

ISBN978-4-06-522833-3

講談社文庫刊行の辞

二十一世紀の到来を目睫に望みながら、われわれはいま、人類史上かつて例を見ない巨大な転換期をむかえようとしている。

世界も、日本も、激動の予兆に対する期待とおののきを内に蔵して、未知の時代に歩み入ろうとしている。このときにあたり、創業の人野間清治の「ナショナル・エデュケイター」への志を現代に甦らせようと意図して、われわれはここに古今の文芸作品はいうまでもなく、ひろく人文・社会・自然の諸科学から東西の名著を網羅する、新しい綜合文庫の発刊を決意した。

激動の転換期はまた断絶の時代である。われわれは戦後二十五年間の出版文化のありかたへの深い反省をこめて、この断絶の時代にあえて人間的な持続を求めようとする。いたずらに浮薄な商業主義のあだ花を追い求めることなく、長期にわたって良書に生命をあたえようとつとめるところにしか、今後の出版文化の真の繁栄はあり得ないと信じるからである。

同時にわれわれはこの綜合文庫の刊行を通じて、人文・社会・自然の諸科学が、結局人間の学にほかならないことを立証しようと願っている。かつて知識とは、「汝自身を知る」ことにつきていた。現代社会の瑣末な情報の氾濫のなかから、力強い知識の源泉を掘り起し、技術文明のただなかに、生きた人間の姿を復活させること。それこそわれわれの切なる希求である。

われわれは権威に盲従せず、俗流に媚びることなく、渾然一体となって日本の「草の根」をかたちづくる若く新しい世代の人々に、心をこめてこの新しい綜合文庫をおくり届けたい。それは知識の泉であるとともに感受性のふるさとであり、もっとも有機的に組織され、社会に開かれた万人のための大学をめざしている。大方の支援と協力を衷心より切望してやまない。

一九七一年七月

野間省一

講談社文庫 最新刊

浅田次郎
天《てん》子《し》蒙《もう》塵《じん》 (一)(二)
清朝最後の皇帝・溥儀が、満洲国の皇帝になるまでを描く「蒼穹の昴」シリーズ第五部！

綾辻行人
暗闇の囁き〈新装改訂版〉
暗い森。白亜の洋館。美しく謎めいた兄弟の周囲で相次ぐ〝死〟の背後には、何が——？

神楽坂 淳
うちの旦那が甘ちゃんで 10
芝居見物の隙《すき》を衝く「芝居泥棒」が横行。月也と沙耶は芸者たちと市村座《いちむらざ》へ繰り出す。

高田崇史
オロチの郷、奥出雲〈古事記異聞〉
有名な八岐大蛇《やまたのおろち》退治の真相とは？ 出雲神話に隠された敗者の歴史が今、明らかになる。

堂場瞬一
ピットフォール
一九五九年、ＮＹ《ニューヨーク》。探偵は、親友の死の真相を追う。傑作ハードボイルド！〈文庫オリジナル〉

夏原エヰジ
Ｃｏｃｏｏｎ４〈宿縁の大樹〉
運命に、抗《あらが》え——。美しき鬼斬り花魁《おいらん》の悲しい定めが明らかになる、人気シリーズ第四巻！

堀川アサコ
幻想商店街
商店街の立ち退き、小学校の廃校が迫る町で、一人の少女が立ち上がる。人気シリーズ最新作。

輪渡颯介
呪い禍〈古道具屋 皆塵堂〉
なぜか不運ばかりに見舞われる麻四《あさし》郎《ろう》の家系には秘密があった。人気シリーズ待望の新刊！

斎藤千輪
神楽坂つきみ茶屋２〈突然のピンチと喜寿の祝い膳〉
腹ペコ注意！ 禁断の盃から蘇《よみがえ》った江戸時代の料理人・玄《げん》が料理対決!? シリーズ第二巻。

創刊50周年新装版

伊集院 静
機関車先生〈新装版〉
瀬戸内の小島にやってきた臨時の先生と生徒たちとの絆を描いた名作。柴田錬三郎賞受賞作。

遠藤周作
深い河《ディープ・リバー》〈新装版〉
生きることの意味、本当の愛を求め、母なる河ガンジスに集う人々。毎日芸術賞受賞作。

内館牧子
別れてよかった〈新装版〉
どんなに好きでも、別れ際は潔く、美しく。いい女には、もっと素敵な恋が待っている。

講談社文庫 最新刊

砂原浩太朗
いのちがけ〈加賀百万石の礎〉
前田利家に命懸けで忠義を貫き百万石の礎を築いた男・村井長頼を端正な文体で魅せる。

作画：蔡志忠　訳：和田武司　監修：野末陳平
マンガ 孔子の思想
二五〇〇年の時を超え、日本人の日常生活に溶け込んできた『論語』の思想をマンガで学ぶ。

秋川滝美
マチのお気楽料理教室
気楽に集って作って食べて。郷土料理で旅気分も味わえる、マチの料理教室へようこそ。

西村健
目撃
電気料金を検針する奈津実の担当区域で、殺人事件が発生。彼女は何を見てしまったのか。

伊藤理佐
みたび！ 女のはしょり道
ラクしてちゃっかり、キレイでいたい。子育てママあるあるも満載のはしょり道第3弾！

赤神諒
大友落月記
「二階崩れの変」から6年。大国・大友家でまたお家騒動が起こった。大友サーガ第2弾！

小前亮
劉《りゅう》裕《ゆう》〈豪剣の皇帝〉
町の無頼漢から史上最強の皇帝へ。千人の叛《はん》乱軍《らんぐん》を一人で殲滅《せんめつ》した稀代の剛勇の下剋上！

講談社タイガ

凪良ゆう
すみれ荘ファミリア
すみれ荘管理人の一悟と、小説家の奇妙な同居生活。本屋大賞受賞作家が紡ぐ家族の物語。

西尾維新
モルグ街の美少年
美少年探偵団の事件簿で語られなかった唯一の事件――美しい五つの密室をご笑覧あれ！

降田天
ネメシスⅣ
天狗伝説が残る土地で不審死。だが証拠はない。探偵事務所ネメシスは調査に乗り出す。

藤石波矢
ネメシスⅤ
暴露系動画配信者の冤罪を晴らせ。嘘と欺瞞《ぎまん》に満ちた世界でネメシスが見つけた真相とは？

講談社文芸文庫

古井由吉
東京物語考
解説=松浦寿輝　年譜=著者、編集部
徳田秋聲、正宗白鳥、葛西善藏、宇野浩二、嘉村礒多、永井荷風、谷崎潤一郎ら先人たちが描いた「東京物語」の系譜を訪ね、現代人の出自をたどる名篇エッセイ。
ふA13
978-4-06-523134-0

古井由吉
詩への小路
ドゥイノの悲歌
解説=平出 隆　年譜=著者
リルケ「ドゥイノの悲歌」全訳をはじめドイツ、フランスの詩人からギリシャ悲劇まで、詩をめぐる自在な随想と翻訳。徹底した思索とエッセイズムが結晶した名篇。
ふA11
978-4-06-518501-8

高田崇史　カンナ　天草の神兵
高田崇史　カンナ　吉野の暗闘
高田崇史　カンナ　奥州の覇者
高田崇史　カンナ　戸隠の殺皆
高田崇史　カンナ　鎌倉の血陣
高田崇史　カンナ　天満の葬列
高田崇史　カンナ　出雲の顕在
高田崇史　カンナ　京都の霊前
高田崇史　軍神の血脈〈楠木正成秘伝〉
高田崇史　神の時空《とき》　鎌倉の地龍
高田崇史　神の時空　倭《やまと》の水霊
高田崇史　神の時空　貴船の沢鬼
高田崇史　神の時空　三輪《みわ》の山祇《やまつみ》
高田崇史　神の時空　嚴島《いつくしま》の烈風
高田崇史　神の時空　伏見稲荷の轟雷
高田崇史　神の時空　五色不動の猛火
高田崇史　神の時空　京の天命
高田崇史　神の時空　前紀〈女神の功罪〉
高田崇史　鬼棲む国、出雲〈古事記異聞〉

団鬼六　悦楽王〈鬼プロ繁盛記〉
高野和明　13階段
高野和明　グレイヴディッガー
高野和明　K・Nの悲劇
高野和明　6時間後に君は死ぬ
大道珠貴　ショッキングピンク
高木徹　ドキュメント 戦争広告代理店〈情報操作とボスニア紛争〉
田中啓文　件《くだん》〈もの言う牛〉
高嶋哲夫　メルトダウン
高嶋哲夫　命の遺伝子
高嶋哲夫　首都感染
高野秀行　西南シルクロードは密林に消える
高野秀行　怪獣記
高野秀行　アジア未知動物紀行　ベトナム・奄美・アフガニスタン
高野秀行　イスラム飲酒紀行
高野秀行　移民の宴〈日本に移り住んだ外国人の不思議な食生活〉
高野秀行／角幡唯介　地図のない場所で眠りたい
田牧大和　花合せ〈濱次お役者双六〉
田牧大和　質草破り〈濱次お役者双六　二ます目〉

田牧大和　翔ぶ梅〈濱次お役者双六　三ます目〉
田牧大和　半可心中〈濱次お役者双六〉
田牧大和　長屋狂言〈濱次お役者双六〉
田牧大和　錠前破り、銀太
田牧大和　錠前破り、銀太　紅蜆《べにしじみ》
田牧大和　錠前破り、銀太　首魁《しゅかい》
田牧大和　大福三つ巴〈宝来堂うまいもん番付〉
高殿円　メサイア〈警備局特別公安五係〉
高野史緒　カラマーゾフの妹
高野史緒　翼竜館の宝石商人
瀧本哲史　僕は君たちに武器を配りたい〈エッセンシャル版〉
竹吉優輔　襲名犯
高田大介　図書館の魔女　第一巻／第二巻
高田大介　図書館の魔女　第三巻／第四巻
高田大介　図書館の魔女　烏《からす》の伝言《つてこと》(上)(下)
大門剛明　反撃のスイッチ
大門剛明　完全無罪
大門剛明　死刑評決〈「完全無罪」シリーズ〉
橘もも　OVER DRIVE《オーバードライブ》

講談社文庫　目録

鳥羽 亮 提《ちょう》灯《ちん》斬り〈鶴亀横丁の風来坊〉
鳥羽 亮 お京危うし〈鶴亀横丁の風来坊〉
鳥羽 亮 狙われた横丁〈鶴亀横丁の風来坊〉
東郷 隆 上田信 絵 【絵解き】雑兵足軽たちの戦い〈歴史・時代小説ファン必携〉
堂場瞬一 八月からの手紙
堂場瞬一 壊れる心〈警視庁犯罪被害者支援課〉
堂場瞬一 邪心〈警視庁犯罪被害者支援課2〉
堂場瞬一 二度泣いた少女〈警視庁犯罪被害者支援課3〉
堂場瞬一 身代わりの空(上)(下)〈警視庁犯罪被害者支援課4〉
堂場瞬一 影の守護者〈警視庁犯罪被害者支援課5〉
堂場瞬一 不信の鎖〈警視庁犯罪被害者支援課6〉
堂場瞬一 空白の家族〈警視庁犯罪被害者支援課7〉
堂場瞬一 傷
堂場瞬一 埋れた牙
堂場瞬一 Killers(上)(下)
堂場瞬一 虹のふもと
堂場瞬一 ネタ元
土橋章宏 超高速！ 参勤交代
土橋章宏 超高速！参勤交代 リターンズ

戸谷洋志 Jポップで考える哲学〈自分を問い直すための15曲〉
富樫倫太郎 信長の二十四時間
富樫倫太郎 風の如く 吉田松陰篇
富樫倫太郎 風の如く 久坂玄瑞《くさかげんずい》篇
富樫倫太郎 風の如く 高杉晋作篇
富樫倫太郎 スカーフェイス〈警視庁特別捜査第三係・淵神律子〉
富樫倫太郎 スカーフェイスII デッドリミット〈警視庁特別捜査第三係・淵神律子〉
富樫倫太郎 スカーフェイスIII ブラッドライン〈警視庁特別捜査第三係・淵神律子〉
豊田 巧 警視庁鉄道捜査班〈鉄血の警視〉
豊田 巧 警視庁鉄道捜査班〈鉄路の牢獄〉
夏樹静子 新装版 二人の夫をもつ女
中井英夫 新装版 虚無への供物(上)(下)
中島らも 僕にはわからない
中島らも 今夜、すべてのバーで〈新装版〉
鳴海 章 フェイスブレイカー
鳴海 章 謀略航路
鳴海 章 全能兵器AiCO《アイコ》
中嶋博行 ホカベン ボクたちの正義
中嶋博行 新装版 検察捜査

中嶋博行 新検察捜査
中村天風 運命を拓く〈天風瞑想録〉
中山康樹 ジョン・レノンから始まるロック名盤
梨屋アリエ でりばりぃAge
梨屋アリエ ピアニッシシモ
中島京子 妻が椎茸だったころ
中島京子ほか 黒い結婚 白い結婚
奈須きのこ 空の境界(上)(中)(下)
中村彰彦 乱世の名将 治世の名臣
長野まゆみ 簞笥のなか
長野まゆみ レモンタルト
長野まゆみ チマチマ記
長野まゆみ 冥途あり
長野まゆみ 45°〈ここだけの話〉
長嶋 有 夕子ちゃんの近道
長嶋 有 佐渡の三人
永嶋恵美 擬態
永井 均 内田かずひろ 絵 子どものための哲学対話
なかにし礼 戦場のニーナ

講談社文庫　目録

西村京太郎 函館駅殺人事件
西村京太郎 内房線の猫たち〈異説里見八犬伝〉
西村京太郎 東京駅殺人事件
西村京太郎 長崎駅《ナガサキ・レディ》殺人事件
西村京太郎 十津川警部 愛と絶望の台湾新幹線
西村京太郎 西鹿児島駅殺人事件
西村京太郎 札幌駅殺人事件
西村京太郎 十津川警部 山手線の恋人
西村京太郎 仙台駅殺人事件
仁木悦子 猫は知っていた
新田次郎 新装版 聖職の碑《いしぶみ》
日本文芸家協会編 愛染夢灯籠〈時代小説傑作選〉
日本推理作家協会編 犯人たちの部屋〈ミステリー傑作選〉
日本推理作家協会編 隠された鍵〈ミステリー傑作選〉
日本推理作家協会編 Play《プレイ》推理遊戯〈ミステリー傑作選〉
日本推理作家協会編 Doubt《ダウト》きりのない疑惑〈ミステリー傑作選〉
日本推理作家協会編 Bluff《ブラフ》騙し合いの夜〈ミステリー傑作選〉
日本推理作家協会編 Propose《プロポーズ》告白は突然に〈ミステリー傑作選〉
日本推理作家協会編 Acrobatic《アクロバティック》物語の曲芸師たち〈ミステリー傑作選〉

日本推理作家協会編 ベスト8ミステリーズ2015
日本推理作家協会編 ベスト6ミステリーズ2016
二階堂黎人 ラン迷宮〈二階堂蘭子探偵集〉
二階堂黎人 増加博士の事件簿
新美敬子 猫のハローワーク
新美敬子 猫のハローワーク2
西澤保彦 新装版 七回死んだ男
西澤保彦 人格転移の殺人
西澤保彦 麦酒《ばくしゅ》の家の冒険
西澤保彦 新装版 瞬間移動死体
西村健 ビンゴ
西村健 地の底のヤマ (上)(下)
西村健 光陰の刃《やいば》(上)(下)
楡周平 陪審法廷
楡周平 宿命 (上)(下)〈ワンス・アポン・ア・タイム・イン・東京〉
楡周平 血戦〈ワンス・アポン・ア・タイム・イン・東京2〉
楡周平 修羅の宴 (上)(下)
楡周平 レイク・クローバー (上)(下)
西尾維新 クビキリサイクル〈青色サヴァンと戯言遣い〉

西尾維新 クビシメロマンチスト〈人間失格・零崎人識〉
西尾維新 クビツリハイスクール〈戯言遣いの弟子〉
西尾維新 サイコロジカル (上)〈兎吊木垓輔の戯言殺し〉 (下)〈曳かれ者の小唄〉
西尾維新 ヒトクイマジカル〈殺戮奇術の匂宮兄妹〉
西尾維新 ネコソギラジカル (上)〈十三階段〉
西尾維新 ネコソギラジカル (中)〈赤き征裁VS.橙なる種〉
西尾維新 ネコソギラジカル (下)〈青色サヴァンと戯言遣い〉
西尾維新 ダブルダウン勘繰郎《かんぐろう》 トリプルプレイ助悪郎《スケアクロウ》
西尾維新 零崎双識の人間試験
西尾維新 零崎軋識《ぜろざききしき》の人間ノック
西尾維新 零崎曲識の人間人間
西尾維新 零崎人識の人間関係 匂宮出夢との関係
西尾維新 零崎人識の人間関係 無桐伊織との関係
西尾維新 零崎人識の人間関係 零崎双識との関係
西尾維新 零崎人識の人間関係 戯言遣いとの関係
西尾維新 xxxHOLiC アナザーホリック ランドルト環《かん》エアロゾル
西尾維新 難民探偵
西尾維新 少女不十分
西尾維新 本題〈西尾維新対談集〉

講談社文庫　目録

西尾維新　掟上《おきてがみ》今日子《きょうこ》の備忘録
西尾維新　掟上今日子の推薦文
西尾維新　掟上今日子の挑戦状
西尾維新　掟上今日子の遺言書
西尾維新　掟上今日子の退職願
西尾維新　新本格魔法少女りすか
西尾維新　新本格魔法少女りすか2
西尾維新　新本格魔法少女りすか3
西尾維新　人類最強の初恋
西尾維新　人類最強の純愛
西村賢太　どうで死ぬ身の一踊り
西村賢太　夢魔去りぬ
西村賢太　藤澤清造追影
仁木英之　まほろばの王たち
西川善文　ザ・ラストバンカー〈西川善文回顧録〉
西川　司　向日葵《ひまわり》のかっちゃん
西　加奈子　舞台
貫井徳郎　新装版 修羅の終わり(上)(下)
貫井徳郎　妖奇切断譜

貫井徳郎　被害者は誰？
額賀　澪　完パケ！
A・ネルソン　「ネルソンさん、あなたは人を殺しましたか？」
法月綸太郎　雪密室
法月綸太郎　法月綸太郎の冒険
法月綸太郎　新装版 密閉教室
法月綸太郎　怪盗グリフィン、絶体絶命
法月綸太郎　怪盗グリフィン対ラトウィッジ機関
法月綸太郎　キングを探せ
法月綸太郎　名探偵傑作短篇集 法月綸太郎篇
法月綸太郎　新装版 頼子のために
法月綸太郎　誰《たそ》彼《がれ》〈新装版〉
乃南アサ　不発弾
乃南アサ　地のはてから(上)(下)
乃南アサ　新装版 鍵
乃南アサ　新装版 窓
野沢　尚　破線のマリス
野沢　尚　深紅
野村克也・宮本慎也　師弟

橋本　治　九十八歳になった私
原田泰治　わたしの信州
原田泰治・原田武雄　泰治が歩く〈原田泰治の物語〉
林　真理子　幕はおりたのだろうか
林　真理子　女のことわざ辞典
林　真理子　さくら、さくら〈おとなが恋して〉
林　真理子　みんなの秘密
林　真理子　ミスキャスト
林　真理子　ミルキー
林　真理子　新装版 星に願いを
林　真理子　野心と美貌〈中年心得帳〉
林　真理子　正妻(上)(下)〈慶喜と美賀子〉
林　真理子　大《お》原《はら》御《ご》幸《こう》〈帯に生きた家族の物語〉
林　真理子・見城　徹　過剰な二人
原田宗典　スメル男〈新装版〉
帚木蓬生　日御子(上)(下)
帚木蓬生　襲来(上)(下)
坂東眞砂子　欲情
花村萬月　信長私記

講談社文庫　目録

講談社文庫　目録

畑野智美　南部芸能事務所
畑野智美　南部芸能事務所 season2 メリーランド
畑野智美　南部芸能事務所 season3 春の嵐
畑野智美　南部芸能事務所 season4 オーディション
畑野智美　南部芸能事務所 season5 コンビ
早見和真　東京ドーン
はあちゅう　半径5メートルの野望
はあちゅう　通りすがりのあなた
早坂吝《やぶさか》　○○○○○○○○殺人事件
早坂吝　虹の歯ブラシ〈上木《かみき》らいち発散〉
早坂吝　誰も僕を裁けない
早坂吝　双《そう》蛇《じゃ》密室
浜口倫太郎　22年目の告白〈―私が殺人犯です―〉
浜口倫太郎　廃校先生
浜口倫太郎　AI崩壊
原田伊織　明治維新という過ち〈日本を滅ぼした吉田松陰と長州テロリスト〉
原田伊織　列強の侵略を防いだ幕臣たち〈続・明治維新という過ち〉
原田伊織　虚像の西郷隆盛 虚構の明治150年〈明治維新という過ち・完結編〉
原田伊織　三流の維新 一流の江戸〈明治は「徳川近代」の模倣に過ぎない〉
萩原はるな　50回目のファーストキス
葉真中《はまなか》顕《あき》　ブラック・ドッグ
原雄一　宿命〈國松警察庁長官を狙撃した男・捜査完結〉
平岩弓枝　花嫁の日
平岩弓枝　花祭
平岩弓枝　青の伝説
平岩弓枝　はやぶさ新八御用旅(一)〈東海道五十三次〉
平岩弓枝　はやぶさ新八御用旅(二)〈中仙道六十九次〉
平岩弓枝　はやぶさ新八御用旅(三)〈日光例幣使道の殺人〉
平岩弓枝　はやぶさ新八御用旅(四)〈北前船の事件〉
平岩弓枝　はやぶさ新八御用旅(五)〈諏訪の妖狐〉
平岩弓枝　はやぶさ新八御用旅(六)〈紅花染め秘帳〉
平岩弓枝　新装版 はやぶさ新八御用帳(一)〈大奥の恋人〉
平岩弓枝　新装版 はやぶさ新八御用帳(二)〈江戸の海賊〉
平岩弓枝　新装版 はやぶさ新八御用帳(三)〈又右衛門の女房〉
平岩弓枝　新装版 はやぶさ新八御用帳(四)〈鬼勘の娘〉
平岩弓枝　新装版 はやぶさ新八御用帳(五)〈御守殿おたき〉
平岩弓枝　新装版 はやぶさ新八御用帳(六)〈春月の雛〉
平岩弓枝　新装版 はやぶさ新八御用帳(七)〈寒椿の寺〉
平岩弓枝　新装版 はやぶさ新八御用帳(八)〈春怨 根津権現〉
平岩弓枝　新装版 はやぶさ新八御用帳(九)〈王子稲荷の女〉
平岩弓枝　新装版 はやぶさ新八御用帳(十)〈幽霊屋敷の女〉
東野圭吾　放課後
東野圭吾　卒業
東野圭吾　学生街の殺人
東野圭吾　魔球
東野圭吾　十字屋敷のピエロ
東野圭吾　眠りの森
東野圭吾　宿命
東野圭吾　変身
東野圭吾　仮面山荘殺人事件
東野圭吾　天使の耳
東野圭吾　ある閉ざされた雪の山荘で
東野圭吾　同級生
東野圭吾　名探偵の呪縛
東野圭吾　むかし僕が死んだ家
東野圭吾　虹を操る少年
東野圭吾　パラレルワールド・ラブストーリー

2021年3月12日現在